講談社文庫

激動　東京五輪　1964

大沢在昌　藤田宜永　堂場瞬一　井上夢人
今野 敏　月村了衛　東山彰良

講談社

目次

激動　東京五輪　1964

不適切な排除

大沢在昌

1

「妙な話なんだが、相談できる相手がお前くらいしか思いつかない。今さらだけど、時間を作ってくれないか」

玉川《たまがわ》という、学生時代の友人からメールが届いた。私に相談したいというからには、少なくとも借金の申しこみではない。大手商社に長く勤め、五十を前に独立した男だった。会社の資金繰りが苦しいのなら、たいして売れてもいない推理作家をアテにするのはお門ちがいというものだ。

いつでもいいと私は返信し、さっそくその晩に、両方がいきつけの六本木《ろっぽんぎ》の店で待ちあわせた。

玉川は私と異なり、東京生まれの東京育ちで学生時代から垢抜《あかぬ》けていた。中年太りとは縁がなく、今もお洒落《しゃれ》に気を使っている。

店は、カウンターの中に女の子が四、五人いる流行《はや》りの形式だが、「ガールズバー」とちがい、働いているのは三十代が中心の大人で、私たちは「おばバー」と呼んでいる。

「どうだい、売れてるか？　たまに本屋で名前は見かけるが」

「何とかな。本屋で名前を見かけなくなったらそろそろ危ないから、奢《おご》ってくれ」

「たまにってのは、俺が本屋にいく回数さ。いけばお前の名前を見る」

「それが問題なんだ。皆、本屋に足を運ばなすぎだ。もっとマメにいけ。いけば読みたい本が必ずある」

「どうも最近は暇潰しはこっちだな」

玉川はカウンターにおいたスマホを示した。

「ここだけの話だがな、世界作家同盟はスマホの開発者に殺し屋を送りこむことにした」

「マジで？」

カウンターの中にいたアイカが甲高《かんだか》い声をあげた。細身で、目下の私のお気に入りだ。

「嘘に決まってる。だいたい世界作家同盟なんて聞いたことないし、今さら開発者を殺しても遅い」

玉川がいった。

「なあんだ。そうなの？　センセイ」

「残念ながらね」

「おい」

玉川が真剣な顔になった。

「俺の親父はどうも殺されたらしい。それもＣＩＡに」

「はあ？」

今度は私が頓狂《とんきょう》な声をあげた。玉川は確か子供の頃に父親を亡くしている。

「この前、お袋を老人ホームに移すことになって、久しぶりに実家にいったんだ。そうしたら長い英文の手紙が届いてて、それに書いてあった」

玉川の実家は世田谷《せたがや》の桜《さくら》三丁目だ。

「ＣＩＡが詫び状をよこしたっていうのか」

玉川は首をふった。

「手紙を書いたのは、ワシントンに住んでいるデビッドっていうジャーナリストだ。何でも去年公開された、ＣＩＡがらみの公文書に俺の父親をエリミネートしたという記述があったらしい」

商社にいただけあって、玉川は英語に堪能だ。

「お前の親父の仕事は何だった？」

「Ｆフィルムの技術者だったって聞いてる。死んだとき俺は五歳だから、何も覚えちゃいないが」

「同姓同名の別人の話じゃないのか」

玉川は首をふった。

「手紙には、その公文書の抜粋が入っていた。親父のフルネームと住所もあった。エリミネートの指示を下した人間と実行者の名は塗《ぬ》り潰してあった」

「親父の死因は？」

「交通事故。ひき逃げにあった」

「じゃ、考えられるな」

「だけどふつうのサラリーマンだったんだぜ。お前にしか相談しようがない」

「何を相談する？」

「手紙にメルアドがあったんで、デビッドとやりとりした。それで来月、日本にデビッドがくることになった」

「何しに？」

「なぜＣＩＡが親父を殺したのか、知りたいらしい。公開された公文書をもとに本を書くつもりみたいだ」

「そのデビッドについて調べたか？」

玉川は頷《うなず》いた。

「本はだしてないが、検索すると向こうの新聞や雑誌に記事を書いてた。記事の中身はまともだ」

「CIAの陰謀専門のライターじゃないのか？」

「ニューヨークの歴史とか、南米の独裁者に関する記事だ。オカルトじゃない」

だったら信用できるかもしれない。

「で、そのデビッドと会うとき、お前にもつきあってほしい。同じ物書きのお前がいれば、何となく安心じゃないか」

「英語は喋れないぜ」

「通訳は俺がする。興味ないか？」

ないといったら嘘になる。

「そのデビッドに旅費をもってくれと頼まれてないか？」

玉川は首をふった。

「金の心配はかけない、とメールでいってきた」

「つきあおう」

2

半月後、私たちは虎《とら》ノ門《もん》のビジネスホテルのロビーで初めて来日したというデビッドに会った。デビッドは頭の薄い長身の白人で、年齢は四十代半ばといったところだった。玉川が私を、日本では「フェイマス」な「ミステリーライター」だと紹介すると青い目をみひらいた。

「英語に翻訳された作品はありますか」

というデビッドの問いに私は首をふった。

「残念ながら、翻訳は中国語だけです」

「彼はもう百冊近い本を出版していて、その中にはCIAの話もある」

玉川がいうと、デビッドはますます驚いたようすを見せた。

「百冊も。信じられない！」

「日本と欧米とでは出版事情がちがうのです。日本の作家の多くは、生活のためには一年に二、三冊は本をださなくてはならないのです。私だってもし自分の作品が英訳され、ペーパーバックになったら、そんなに仕事をしません」

私がいうと、今度はデビッドが首をふった。

「ペーパーバックになった作品がすべて売れているわけではありません。私の友人の作品はペーパーバックになりましたが、四万部くらいでした」

それを聞いて、将来の夢がひとつしぼんだ。やはりどこでも現実は厳しい。

あらかじめデビッドの希望があり、私たちは玉川のいきつけの寿司屋に移動した。小上がりを予約してあり、料理はお任せででてくる。

ビールで乾杯すると、デビッドがICレコーダーとノートをショルダーバッグからだした。メモをとってかまわないかと訊《たず》ね、玉川は頷いた。さらにデビッドはノートパソコンをだし、開いた画面を私たちに向けた。

早口すぎて私にはよくわからなかったが、五十年を過ぎ、公開を認められたCIAの公文書の中にこれがあったという。

タイプ印刷で、ところどころが黒く塗り潰されている。ローマ字で「ソウイチ・タマガワ」と「サクラ3—×—×、セタガヤ・トウキョウ」と書かれている部分は、読みとれた。あとは意味がわからない。

「何て書いてあるんだ？」

「エリミネート、つまり排除したという報告書だ。ええと——」

玉川は細い老眼鏡を懐《ふところ》からだし、かけた。

「この黒く塗ってあるのは、たぶん固有名詞だな。××との会合に際し、発生すると予測される脅威《きょうい》を防ぐため、対象者、つまりこれが俺の親父なんだが、を、排除した、とある。手段については、キルド・イン・ア・カー・アクシデント。交通事故だな——」

読みかけ、黙りこんだ。少しして、

「どうやら俺の親父でまちがいないようだ。一九六四年十一月二日で、日付もあってる」

低い声で玉川はいった。

「写真はないのか」

私の問いを玉川が訳すと、デビッドは首をふった。

「公開が許可されたのは文書のみで、写真はありません」

「同じような書類は他にもあったのですか」

「排除の報告書は、他に四通ありましたが、日本はこれだけです」

「一九六四年といえば、冷戦のまっただ中だ。お前の親父さんは共産主義者だったか？」

私は玉川を見た。

「まさか。そんな話、お袋からひと言も聞いてない」

そしてデビッドに、父親の死亡した日付はあっているが、当時自分は五歳で、ほとんど記憶がない、と告げた。

アイム・ソーリーとデビッドはつぶやき、

「お母さんはお元気ですか」

と訊《き》いた。

「体のほうはまだ元気ですが、頭のほうが怪《あや》しくなってきて、先日、介護つきの老人ホームに入りました。父親は亡くなったとき三十六歳で、母親が三十二歳でしたから、今は八十三になります」

「お父さんのお話をうかがうことは可能ですか？」

「難しいと思います。母親はとても人見知りなので……」

「女手ひとつでお前を育てたのだろう」

私はいった。

「まあな。今は二人とも亡くなったが、近くにお袋の両親がいて、面倒をみてくれた。そこそこ裕福だったから、親父が亡くなっても働く必要はなかった。お袋は親父の死がひどくこたえたらしく、亡くなったあとも、親父の部屋とかをまるで整理していなかった。死んだと認めたくなかったんだな」

「今も、か？」

私の問いに玉川は頷いた。

「今も、さ。だから空き家だが、親父の部屋はそのままだ」

「お父さんのお仕事について聞かせて下さい」

デビッドが訊ねた。

「父親は、Ｆフィルムという会社の技術者でした。Ｆフィルムはご存知ですか」

「もちろん知っています。世界的に有名な企業ですから。写真用のフィルムはもちろんですが、オフィス用の機械や化粧品も作っている会社ですね。どんな技術者だったのか、覚えていますか」

玉川は首をふった。

「さすがにそれは。母親から前に聞いたところでは、新製品を開発する部署にいたようです」

「新製品」

産業スパイがらみだろうか。玉川がスマホで一九六四年を検索した。

一九六四年、昭和三十九年は、東海道新幹線が開通し、東京オリンピックが開催された年だ。その二月に、産業スパイ事件で、ロシア人ら三人が逮捕されていた。容疑者は二年ほど前から大手印刷会社の機密書類を入手し、ライバル企業に売ったり、脅迫の材料に使っていたとある。この事件を機に、「産業スパイ」という言葉が世間に広まった。

こういうときはくやしいが、スマホは便利だと認めざるをえない。

「これが関係していたのでしょうか」

産業スパイ事件の記事を英訳し、玉川はデビッドに訊ねた。

「お父さんがつとめていたFフィルムとこの印刷会社は、同じですか」

「ちがいます。それに考えてみると、あの時代日本製品が、外国の産業スパイに狙われることがそうそうあったとは思えません。まして人の命がかかわるほどのものなら、必ず話題になっている筈《はず》です」

玉川は元商社マンらしく冷静にいった。確かにその通りだ。私のかすかな記憶でも、当時、日本はアメリカに十年遅れている、といわれていた。

「東京オリンピックはどうだ？　世界中から選手団がやってきた。当然、スパイもそれにくっついてきてるだろう。選手は無理としても、通訳や職員に化《ば》けて」

私はいった。玉川が訳すと、デビッドは頷いた。

「確かにそうかもしれません。ミスタータマガワのお父さんは、オリンピックに何か関係していましたか」

玉川は首をふった。

「その年に亡くなったせいもあるが、まるでそんな記憶はないな。あ、でもそういえば……」

宙をにらんだ。

「はっきり覚えてないが、家に空き巣が入ったことがある。親父がまだ生きているときだった」

「それがいつだか覚えているか」

「たぶん、死ぬ直前くらいだったような気がする。家族三人で動物園にいって、帰ってきたら、家が荒されてた。被害はたいしたことなくて、現金がいくらかだったと思う」

その直後に亡くなったことを考えると、無関係ではないかもしれない。

「お父さんは、どんな亡くなりかたをしたんだ？」

私は訊ねた。

「これも記憶が定かじゃないんだが、確か会社帰りにひき逃げにあった。帰るのが遅くて、お袋が心配していたら、夜中に電話がかかってきた。父親が近くの世田谷通りで倒れていて救急車で運ばれたという。それで病院に駆けつけたら、もう亡くなってた」

「犯人は？」

「見つからなかった。親父は珍しくその日酒を飲んでいたみたいで、ただどこで誰と飲んだかはわからずじまいだった。警察の話では、たぶん酔ってふらふら道路を歩いていて、ひき逃げにあったのだろうと」

「どこで誰と飲んだのかがわからない、というのが妙だな」

私はいった。拉致《らち》し、酒を無理に飲ませ、ひき逃げを装って殺したという可能性はある。ただ、問題はその動機だ。

「お父さんはＦフィルムに入る前は何をしていた？」

「学生だ。昭和三年生まれで、大学を卒業してすぐＦフィルムに入社したって聞いてる」

「過去の経歴が関係あるとも思えないな。巻きこまれたのかな」

「巻きこまれた？」

「仕事で、あるいはまるで無関係な何かで、ＣＩＡの秘密工作について知ってしまい、それが理由で殺された。俗にいう、口を塞《ふさ》ぐって奴だ」

「だとしたら仕事じゃないのじゃないかな」

やりとりをときどき通訳されながら聞いていたデビッドが訊ねた。

「お父さんと同じ会社で同時代に働いていた人を知りませんか」

「お袋だったら誰か知ってるかもしれない。空き巣の件もあるし、明日でもホームをのぞいてくる」

玉川は答えた。

「いつまで日本に滞在する予定ですか」

私は訊ねた。

「とりあえず四日間を予定していて、明日はアメリカ大使館にいきます。大使館が快く協力してくれるとは思いませんが」

デビッドは答えた。どうやらデビッドには、はっきりとしたテーマがあるようだ。五十一年前に日本のサラリーマンがCIAに殺されたという文書だけで一冊の本を書こうとしているわけではない、と私は感じた。

「では明後日、私の実家を案内します。父の遺品もあります」

玉川がいうと、デビッドは微笑《ほほえ》んだ。

「突然のお願いなのに協力を感謝します」

寿司屋の勘定を払うというデビッドと玉川が押し問答をした。デビッドには潤沢な取材費があるらしい。あるいはこれから書く本に対して、すでにアドバンス（前渡し金）を受けとっているのかもしれない。

旅費も自腹だとすれば、そうそう余裕があるとは思えない。衣服や腕時計などもさして高価そうではなく、お互い楽ではない物書き稼業としては、そのあたりが気になるところだった。

3

翌日の晩、玉川から電話がかかってきた。

「お袋に会って話をしているうちに、親父が死んだあと、何くれとなく面倒をみてくれていた人が近所にいたことを思いだした。親父の大学の後輩で、前園《まえぞの》さんて人だ。もう八十四になるんだが、すごくしっかりしていて、電話で話したら、明日、実家にきてくれるというんだ」

「まだ近所にいるのか？」

「いや。今は娘さんの家に身を寄せているらしい。娘さんが車で送ってくれることになった」

「デビッドには話したか」

「話した。お袋の話では、当時独身でしょっちゅう、うちに飯を食いにきていたらしいから、親父の仕事についてもいろいろ覚えているのじゃないかと。デビッドは喜んでいた。謝礼を払わなくていいのか、とまでいってた」

「やけに余裕があるな」

「俺もそう思った。アメリカじゃ、ライターってのは、そんなに儲《もう》かるのか」

「いや。いいスポンサーがついているのだと思う」

「出版社か？」

「か、エージェントだが、ＣＩＡの陰謀論にそこまで金がでるとは思えない」

「何か別の狙いがあるのか。デビッド本人がＣＩＡだとか」

「わざわざ日本人の被害者の家族に旧悪を暴露するのか？　それともこれは近づくための作り話で、ＣＩＡの本当の目的はお前だとか」

私はいった。

「うちの今のメインは、タイからのインスタントラーメンの輸入だ。けっこう儲かってるが、ＣＩＡが興味をもつと思うか」

思わない、と私は答えた。そしてデビッドを拾って実家に向かうという玉川と、世田谷の実家で待ちあわせた。

翌日、聞いていた住所をカーナビゲーションに入力し、自分の車を走らせた。東京農大の南側で、世田谷通りに面した小さな一戸建てだった。今でこそ賑《にぎ》やかだが、玉川が子供の頃は、あたりは畑や田んぼだらけだったという。近くのコインパーキングに車を止め、玄関先に蘇鉄《そてつ》の植わった家のインターホンを押した。

これだけはとり替えたとわかる頑丈そうな扉が内側から開き、ジーンズをはいた玉川が姿を現わした。

「よう」

「昔、お袋さんに手料理をご馳走になったのをここにきて思いだした。メンチカツとエビフライだった。うまかったな」

私がいうと玉川は苦笑した。

「徹マン明けで、腹ペコだったからうまく感じたのさ。お袋はあんまり料理が得意じゃなくて、無難なのが揚げものだった」

玄関をくぐるとリビング、食堂があり、その奥が、私も泊まったことのある玉川の部屋だ。二階が確かお袋さんの寝室だった。

「親父さんの書斎は？」

「書斎ってほどのものじゃない。二階だ。今、デビッドがいる」

老人ホームにお袋さんを入れたあとは、この家を処分するつもりなのだろう。食堂はがらんとしていた。

「一階に関しちゃ女房がきて、ちょこちょこ片づけをしてる」

階段を登りながら玉川はいった。玉川に子供はおらず、夫婦で三軒茶屋《さんげんぢゃや》のマンションに住んでいる。

書斎というには確かにささやかな部屋だった。階段の降り口に面した四畳もない和室だ。座卓と座椅子、小さな本棚がおかれ、所在なげにデビッドがすわっている。床にすわるのが苦手なのか、体育ずわりのように膝《ひざ》をかかえていた。

座卓の上に変色した古いダンボール箱が四つ積まれていた。小包みで、荷札を見ると、発送したのはFフィルム社だ。

「これは？」

「親父の、会社にあった私物らしい。届いてからずっとそのままだ」

「五十一年間？」

「ああ。お袋は、この部屋にすら、あまり入りたがらなかった」

「この箱の中を見たいのですが、いいでしょうか」

デビッドが訊ね、玉川は頷いた。

「もちろんそのつもりでご案内したんですから」

ダンボール箱にかけられた紙紐はハサミを用意するまでもなく、簡単にひきちぎれた。中に入っていたのは大学ノートやレポート用紙をコヨリで束ねたものだ。大学ノートの表紙には「ラピッドエイト」と万年筆で書かれている。何と書いてあるかと訊ねたデビッドに、

「ラピッドエイト」

と玉川は答え、ノートを手にとった。

そのとき階下でインターホンが鳴った。

「前園さんかな」

「俺がいこう」

私はいって、階段を降りた。

扉を開けると、四十代の初めとおぼしい品のいい女性と、ポロシャツを着た大柄なお年寄りが立っていた。

「前園でございます。お邪魔いたします」

「玉川の友人です。玉川は上におります」

私は名乗って頭を下げた。私の名を聞いた女性の目が広がった。

「あの、もしかして作家の先生でいらっしゃいます？」

「はい」

「嬉しい。ファンです。玉川さんのお友だちだとはうかがっていましたが、こういう風にお会いできて光栄です」

女性は頰《ほお》を赤らめた。品がいいだけではなく、センスもいい。

「とんでもありません。わざわざご足労いただいて恐縮です」

「私も先生のご本は読んだことがあります」

前園氏がいった。

「現実にはなかなかなさそうな話だが、おもしろかった」

「そんないいかた、失礼よ」

「いえいえ。現実にあっちゃたいへんなことを書いているわけですから。どうぞ、おあがり下さい。私がいうのも変ですが」

私は二人を招き入れた。

「前園さん親子がみえた」

階段の下から声をかけると、

「上は狭いから、降りていくよ」

玉川が答え、やがてデビッドと二人でダンボール箱を抱えて降りてきた。

リビングのテーブルの上にダンボール箱をおき、ふたつある古い長椅子に私たち全員は腰をおろした。

玉川がデビッドを紹介すると、前園氏が流暢な英語で自己紹介した。工作機械メーカーにかつては勤め、シカゴに駐在していたことがあったという。

英語に堪能な人間ばかりで、いささかコンプレックスを感じる。

デビッドがレコーダーとノートをおき、インタビューを開始した。

「名前と年齢、ミスタータマガワとの関係を話して下さい」

「コウシ・マエゾノ。タマガワサンは、大学の先輩で、地方出身の私の面倒をよくみてくれました。大学卒業後も、ご結婚後住んだ家が近所だったこともあって、よく私はここに遊びにきては、食事やお酒をご馳走になりました。年齢はタマガワサンが三つ上で、生きておられたら八十七になられます」

途中英語がたどたどしくなり、玉川が通訳に回った。

「ミスタータマガワが亡くなられたときのことについて話して下さい」

「あのときは驚きました。玉川さんが酔って車にひかれるなんて信じられませんでした。ただ、玉川さんにとってはつらいことがあったので、そのせいで深酒をされたのかもしれない、とはあとで思ったりしました」

「つらいこと?」

前園氏は頷き、玉川を見た。

「そうか。あなたはまだ小さかったからご存知ないか」

とつぶやいた。

デビッドも興味津々という表情で前園氏を見つめている。

「あの年は、東京オリンピックがありました。そしてそれに向け、玉川さんと玉川さんの会社の人たちは、ある新製品を開発していたのです。それは八ミリフィルムを使った小型の映画撮影機でした」

「それって、あの、女優がテレビで宣伝していた――」

私がいいかけると、前園氏は首をふった。

「それはフジカシングルエイトで、玉川さんたちが開発されていた機種の次の製品です。玉川さんたちが手がけられていたのは、何といったかな……結局、製品化されなかった――」

「ラピッドエイト、ですか」

玉川がダンボール箱から見つけたノートを掲げた。

「それだ！　ラピッドエイト。そういっておられた」

ここからは前園氏の話だ。

八ミリフィルムを使った映画の撮影機は、海外のメーカーによって一九三〇年代からすでに存在していたという。が、フィルムの装塡《そうてん》や掛けかえの方式が複雑で、十六ミリフィルムを使った撮影機に比べると市場はのび悩んでいた。

そこでＦフィルム社は、他のカメラ研究所の協力も仰ぎ、まったく新しい八ミリフィルムのマガジンの開発に成功し、一九六四年の東京オリンピックに向け、このフィルム形式を採用した撮影機の発売を決定した。これは国際市場も視野に入れた、画期的な新製品となる筈だった。

ところが、撮影機、フィルムともに量産態勢に入ろうという矢先、アメリカのＫ社が、新方式スーパーエイトの発売を発表した。

「スーパーエイトは、玉川さんの話では、同じマガジンタイプのフィルムを使用していながら、画面サイズがひと回り大きいという点で、まるで異なるものでした。ラピッドエイト発売直前に発表されたK社の新製品情報に、Fフィルム社は混乱し、二分したそうです」

ラピッドエイトを発売すれば、当然K社のスーパーエイトと競合する商品になる。残念ながら世界市場において当時、K社とFフィルム社の地位は大きく隔《へだ》たっていた。議論に議論を重ね、東京オリンピックという空前の販売チャンス目前で、Fフィルム社はラピッドエイト方式をスーパーエイト方式に転換することを決定した。その結果、準備していた新製品はすべて廃棄されることとなり、開発に携《たずさわ》った玉川氏らは無念の涙を呑んだ。

「スーパーエイト方式を採用した上で、翌一九六五年に発売されたのが、フジカシングルエイトで、これは大成功をおさめました。残念ながら、玉川さんはそのときはもうお亡くなりになっていた……」

元工作機械メーカーの社員だけあって、前園氏の話は簡潔でわかりやすかった。同時に、「アメリカに追いつき、追い越せ」という当時の空気の中で新製品の開発に心血を注いできた、玉川の父親らFフィルム社の社員の落胆ぶりは、想像に難くなかった。

今ならアメリカ製品と日本製品を国際市場で競合させることに、何のためらいも感じないだろう。いや、むしろ日本製品の信頼度のほうが高いかもしれない。

だが五十一年前はそうではなかった。たとえ品質に遜色《そんしょく》がないとしても、市場の信頼という点では、日本製品はアメリカ製品にはるかに及ばなかったのだろう。

おそらく似たような屈辱《くつじょく》を味わわされた日本企業は、Ｆフィルム社一社だけではなかったにちがいない。海外市場を見返してやるという一念が、日本の工業製品の時代を築いたのだ。そして皮肉なことに現在は、他のアジア諸国の企業にもあてはまる展開となっている。

「なるほど。そんなことがあったのですか」

玉川は息を吐《つ》いた。

「お父さんは若手技術者として、ラピッドエイト方式の開発陣の中心におられました。ですから会社の方針がスーパーエイトに変更されたときは、さぞくやしかったろうと思います。ですからお酒に酔われて事故にあったというのを、ありえないことではない、と思いました」

前園氏は残念そうに告げた。

「お袋が、親父の部屋をそのままにして、会社から送られてきた小包みを開けもしなかったのは、それが理由だったんだな。親父の無念な思いを、もっていく場がなかった」

玉川はつぶやいた。

「だがそのことと、デビッドの調べている問題はつながらない」

私はいった。玉川の父親が亡くなった当時、失意の身であったことはわかったが、CIAに殺された理由は不明のままだ。

「CIAがラピッドエイトの技術を欲しがったとは考えられませんか。K社のスーパーエイトよりもスパイ活動に適した長所があったのかもしれない」

デビッドがいった。

前園氏が訊き返した。

「CIA、と今いわれたか？」

「ええ」

玉川が、デビッドの来日目的を前園氏に説明した。娘さんの顔が青ざめた。

「そんなことって本当にあるんですか」

「それを彼は調べにきたのです」

前園氏は唸《うな》り声をたてた。

「不思議な話だが、私の覚えている限り、玉川さんが諜報機関や外国人とつきあいがあったという話は聞いておらんな」

「そういえば空き巣の件はどうだった？」

私は訊ねた。

「空き巣。この家が空き巣に入られたのは覚えておる。玉川さんが亡くなる、ほんの何日か前だ」

玉川が答える前に、前園氏がいった。

「泥棒は、何を盗《と》っていったのですか」

デビッドが訊ね、前園氏は首をふった。

「たいしたものは何も。現金がわずかばかりだ」

「その当時、この家にラピッドエイトはあったのでしょうか」

ふと思いつき、私はいった。前園氏は頷いた。

「あったと思う。私も、東京オリンピックの聖火ランナーを撮影するのに借りたことがある。発売はされなかったが、ラピッドエイトのプロトタイプを玉川さんはもっていた。開発中もよく、この前の通りの景色を撮っていた。近くの馬事公苑《ばじこうえん》でおこなわれた馬術競技を撮影した筈だ」

「オリンピックの馬術競技を、ですか」

私の問いに前園氏は頷いた。

「それは何となく覚えているぞ。親父が小さいカメラをもって、この家の中で俺にいろんなことをさせては撮っていた」

玉川がいった。

「そのフィルムはどうなったんだ?」

「たぶん会社にもっていって現像したのだろうが、一度も見せられなかった」

私はまだ開けていないダンボール箱を指さした。

「この中かもしれない」

デビッドが動いた。未開封のふたつの箱を手早く開く。その中のひとつに、正方形の紙箱がいくつも入っていた。開くと、スプールに巻かれたフィルムが転げでた。

「これだ」

フィルムのひとつを窓に向け、中身をすかした玉川がいった。

私は小包みの中に入っていた封筒をとりだした。変色した茶封筒で、中は社用便せんに書かれた手紙だった。玉川の母親にあてたもので、悔やみの言葉とともに、玉川の父親が撮影したラピッドエイトのフィルムが現像できたので、思い出になればと送ったとある。書いたのは、父親の同僚だった人物のようだ。

手紙の日付は、一九六四年の十一月八日だった。フィルムは全部で八本あった。

我々はテーブルの上のフィルムを見つめた。私はいった。

「空き巣が入ったのが十月の三十日あたりだとして、そのときこのフィルムは、ここではなく親父さんの会社にあった」

「空き巣の狙いは、このフィルムだったというのか？」

「可能性の話だ。空き巣と親父さんの事故死を無理につなぐならそうなる。このフィルムに何かまずいものが写されていて、それを盗もうとした奴がいた。だがうまくいかず、親父さんの口を塞ぐことにした」

「なんで？」

「どこでフィルムが上映されるかわからない。持主が死ねば、上映はされないと考えた」

玉川が私の意見をデビッドに通訳した。

「充分に考えられることです。排除の動機としては不適切ですが、工作員が賢明でなければ、そういう判断を下した可能性はあります。当時のＣＩＡは、日本と日本人に対して、同盟国にふさわしい敬意を払っていたとはいえません」

デビッドはいった。

「確かに六〇年安保の四年後だからな」

私はつぶやいた。

「六〇年安保って何でしょうか」

前園氏の娘さんが訊ねた。

「一九六〇年に発効した、日本とアメリカの安全保障条約です。相互防衛の義務などの条項があったため、学生などによる反対デモが盛んにおこなわれました」

私が答えると、玉川がスマホで検索した。

「ハガチー事件というのが起きているな」

「知らないな。何だ？」

私は訊ねた。

「一九六〇年の六月十日。アイゼンハワー大統領の露払《つゆはら》いとして来日したハガチー大統領秘書を、羽田空港に出迎えたマッカーサー駐日大使らの乗った車がデモ隊に包囲され、身動きできなくなった。デモ隊は八千人もいて、結局米軍のヘリコプターで脱出する羽目になり、結果、アイゼンハワー大統領の訪日計画が中止になった」

「そんなことがあったんですね」

「日本が共産主義国家になる可能性を恐れたアメリカ人もいたでしょうね」

玉川が英語でデビッドにいった。デビッドは首をふった。

「かもしれませんが、私が生まれる前です」

「話を今に戻そう。このフィルムが原因だったのかを知るには、見る以外方法がない。八ミリの映写機はあるか？」

私は玉川に訊ねた。

「以前はあったが捨てちまった。使うことはもうないと思って」

「どうする？」

「たぶんどこかでDVDに焼いてくれると思うんだが」

玉川がやりとりをデビッドに通訳した。

「それでは時間がかかりすぎます。私が日本にいるあいだにDVDにならないかもしれない」

デビッドは深刻な表情になった。

「確かに。じゃあどうします？」

デビッドが電話をとりだした。

「知り合いが映画会社に勤めています。協力を頼めるかもしれません」

「日本の映画会社ですか？」

「いいえ。ハリウッドの映画会社の、極東地区のマネージャーなのです。彼なら何か、いい方法を教えてくれるでしょう」

デビッドはスマホを耳にあて、立ちあがった。リビングルームをでて、我々には聞こえないところで話している。

「日本にくるのは初めてだといってたよな」

私はいった。玉川は頷いた。

「いろいろコネがあるみたいだがな」

「下の名前は何といいましたかね」

　前園氏が訊ねた。

「ええと、カウフマンですね。デビッド・カウフマン」

　玉川が答えた。

「ユダヤ人ですな。映画産業にはユダヤ人が多い。だからコネがあるのでしょう」

　前園氏はいった。

　デビッドが戻ってきた。

「私にフィルムを預けていただけますか。二十四時間あれば、ＤＶＤに落とせると友人がいっています」

　私と玉川は顔を見合わせた。

「かまいませんが……」

　玉川はいいかけた。

「ＤＶＤを見るときは、全員いっしょで、という条件でなら」

　私はいった。玉川が頷いた。

「もちろんそうするつもりです。ミスタータマガワに写っている人や景色を教えていただかなくてはならない」

　きっぱりとデビッドは答えた。

4

DVDの「上映会」は、玉川の会社で開かれることになった。玉川の会社は港区赤坂の雑居ビルにあり、デビッドのホテルからも近い。

DVDの焼きあがりは、夜の八時を過ぎるという。新宿にある映画会社にデビッドを連れていくのは、私の役目になった。玉川はその日一日、仕事で会社に詰めていなければならないらしい。

デビッドを夕方ホテルで拾い、私は新宿に向かった。つたない英語でのやりとりは、あっというまに途切れ、私は無言で車を走らせた。

デビッドから教えられた住所は、西新宿七丁目で、ハリウッドの映画会社の極東支社があるにしては庶民的な一角の雑居ビルの三階だった。

車をビルの前で止め、私はデビッドに車内で待つよう告げた。

「私がDVDをもらってきます。あなたの友人の名は何といいますか」

「シュタイナーといいます」

デビッドは一瞬迷うような表情を見せたが、小さく頷いた。

「シュタイナーさんですね」

「電話をします」

デビッドが電話をとりだしたので、私は礼をいって車を降りた。雑居ビルに入り、エレベータで三階にあがる。

三階はいくつもの表札を掲げた事務所だったが、映画会社の名はない。

「ヘブライ文化普及会」「シオン国際協会日本支部」「マサダ観光案内」などとあり、前園氏の言葉を私は思いだした。

ガラス扉をノックし、押し開いた。受付らしきカウンターに白人の若い女性がすわっていて、

「こんにちは」

と日本語で微笑みかけてくる。

「カウフマンさんがお願いしていたＤＶＤをうけとりにきました」

「お待ち下さい」

若い女性はいって、手もとの電話を耳にあてた。美人だが、がっちりした体つきをしている。イスラエルには男女を問わず徴兵制があることを私は思いだした。

やがてガラスの仕切りの向こうから、頭がきれいに禿《は》げあがったスーツ姿の白人が姿を現わした。

「今、カウフマンさんから電話ありました。これが頼まれていたＤＶＤです」

袋をさしだした。

「サインをもらえますか」

受領証らしい紙を渡される。ふと気になり、訊ねた。

「カウフマンさんはフィルムを昨夜、ここに届けたのですか」

「いいえ。ホテルに私がとりにいきました。カウフマンさんと久しぶりに会いたかったので」

「古いお友だちなんですね」

白人はにっこり笑った。肯定も否定もしない。袋の中は八ミリフィルム八本とDVD一枚だ。受領証にサインし、私は事務所をでた。

車に乗りこむと、デビッドが訊ねた。

「私の友だちに会いましたか？」

「会いました。彼はアメリカ人ですか」

わざと私は訊ねた。

「イスラエル人。とてもいい人です」

デビッドは答えた。

玉川は会社の応接室にデリバリィのコーヒーとサンドイッチを用意し、待っていた。

「本当にすぐできたんだな」

DVDを袋からとりだした玉川は、感心したように首をふった。

「映画会社じゃなくて、イスラエル政府の出先機関みたいな事務所だった」

「なるほど」

三人でソファに腰かけた。大画面の壁かけテレビにつないだパソコンに、玉川がDVDをセットした。映像は百分以上ある。

「再生するぞ」

いきなりモノクロ画面に、坊っちゃん刈りの男の子が映しだされた。床いっぱいに散らばったレゴを組み立て、遊んでいる。

「俺だ」

「わかるよ。あまりかわってないな」

私がいうと玉川は苦笑し、再生スピードを早めた。きのう訪ねた玉川の家の映像がつづいた。庭で三輪車をこいでいる自分に、玉川は息を吐いた。

「なつかしいな。この三輪車」

どうやら一本目のフィルムの映像は、すべて玉川を撮ったもののようだ。

次に映ったのは、どこかはわからないが、東京の広い通りだった。歩道がぎっしりと人で埋まり、制服の警官が車道の端に立ち、画面右奥を見つめている。

「マラソンか駅伝か？」

やがて胸に日の丸をつけたランニングウエアの一団が姿を現わした。先頭のランナーは白い煙をたなびかせる聖火を掲げている。その煙は驚くほどの量で、一瞬にしてあたりが霧に包まれたように白く染まった。

「これは青梅《おうめ》街道だな。覚えてないが、こんな大がかりに聖火ランナーを走らせたんだ」

玉川がつぶやいた。

「しかもひとりじゃなくて十人以上いる。ずいぶん多勢が伴走していたんだ」

聖火ランナーを先頭に走る人々は、今見ると厳粛すぎて、どこかこっけいですらある。つまりはそれだけ、オリンピックが我が国で開かれることに期待が集まっていたのだろう。

映像は、正面を走りすぎ、遠ざかる聖火ランナーを追っていた。が、私としてはむしろ沿道の景色や集まった人々をもっと見たいと感じた。

デビッドはずっと無言だった。青い目をみひらき、画面を見つめている。

次に映ったのは、世田谷通りだった。今と異なり、大きな建物はほとんどない。車もたまに走りすぎるくらいだ。世田谷通りだとわかったのは、カメラがパンして、玉川の家が映ったからだ。

電柱がまっすぐな道の両側に立ち、瓦屋根の家が並んでいる。車が走りすぎた。古い観音開きの扉のクラウンだ。オート三輪も走っている。

やがて画面がかわった。

「馬事公苑だ。子供の頃よく歩いていったからすぐわかる」

玉川がいった。公苑の内部ではなく、駐車場のようなところに玉川がいた。

「ストップ！」

不意にデビッドが叫んだ。玉川がパソコンを操作した。

「少し戻して下さい」

デビッドがいった。

ボール遊びをしている玉川のうしろに、大型のアメ車が止まっていて、内部に男が二人いた。二人とも白人だ。ひとりは濃いサングラスをかけている。

デビッドがパソコンをテーブルにおき、立ちあげた。検索していたようだが、やがて、

「この男ではありませんか」

とパソコンの画面を指さした。

軍服を着た、金髪の男の写真だった。ネクタイに黒い制服を着け、片方の襟《えり》に葉のマークが入っている。第二次世界大戦時のドイツ軍将校とわかった。

「誰です？」

「ナチス親衛隊のシュミッツ少佐です。戦犯の疑いをかけられていたにもかかわらず、逮捕されていません」

デビッドの目が興奮に輝いていた。

「ハンス・シュミッツは、一九一一年生まれで、一九四五年五月のナチスドイツ降伏時には三十四歳でした。アドルフ・アイヒマンやヨーゼフ・メンゲレと同様に連合軍の追及を逃れ、南米に逃亡したと考えられています。実際、一九四九年にはアルゼンチンでの目撃情報があります」

「どうやって逃げたんです？」

玉川が訊ねた。

「ナチスは、大戦末期から敗戦直後にかけ、Uボートなどを使い、財産や人間を南米に移していました。ラディスラス・ファラゴによれば、それは八十億ドル相当の財宝と十五万人のナチス党員だったといわれています。チリ、ブラジル、アルゼンチンなどにドイツ人コミュニティが作られ、逃亡した戦犯をかくまっていました」

アドルフ・アイヒマンの名は私も知っていた。南米に逃亡。ナチス親衛隊の元中佐で、数百万人のユダヤ人の虐殺に関与した罪で追われ、潜伏していたが確か一九六〇年にイスラエル諜報機関に捕らえられイスラエルに連行され、裁判ののち処刑された人物だ。

「この男も虐殺に関係したんですか」

「いえ。シュミッツの容疑は、ソ連軍捕虜に対する拷問《ごうもん》です。大戦中、シュミッツは対ソビエト諜報活動をおこなう、ラインハルト・ゲーレンの部下でした」

「ゲーレンの名前は聞いたことがあります。確か戦後、『ゲーレン機関』という諜報機関を作り、ＣＩＡに協力した人物ですね」

私がいうと、デビッドは感心したように頷いた。

「よくご存知ですね」

「小説の材料に使おうと調べたことがあったんです。ただあまりに昔のことなので、現代を舞台に扱うのは難しく、あきらめました」

逃亡したナチスドイツの残党が南米で復活を企《くわだ》てる話は、欧米のミステリーなどでは数多く書かれていて、それだけ魅力的な題材なのだろう。だがこのゲーレンやアイヒマン、メンゲレなど、終戦直後の逮捕を逃れた人物たちは二十世紀初頭の生まれで、今では百歳を超えてしまう。舞台としては一九七〇年代までが限界だ。

デビッドは深々と頷いた。

「シュミッツはゲーレン同様、その専門知識によって、戦犯として裁かれるのを免れたのです。大戦終結後、アメリカの戦略情報部はソビエトと対立が生じるのを予測し、ソビエト軍に詳しいゲーレンやシュミッツを仲間にひきこみました。ゲーレンはそれによって、西ドイツ諜報機関ＢＮＤの初代長官となり、当時の彼の部下には、親衛隊やゲシュタポに所属していた戦犯容疑者が含まれていました」

玉川の通訳を聞き、

「シュミッツもＢＮＤに属していたのですか」

と私は訊ねた。

「いえ、シュミッツはソビエト軍が強硬に身柄の引き渡しを要求したため、ドイツには戻りませんでした。彼には二十八のときに結婚した妻と、翌年生まれた息子がいましたが、この二人はドイツに残されました」

「ずいぶん詳しいですね」

デビッドの目的というか正体に、私はようやく気づいた。ライターを称しているが、ナチスの残党を追っているハンターだ。戦後七十年もたち、関係者はほぼ死亡しているだろうに、イスラエルの機関は追及の手をゆるめていないのだ。

「シュミッツについての本を書くつもりなのです」

「ＣＩＡの陰謀ではなくて？」

玉川が訊き返した。

「シュミッツについて書くことが即《すなわ》ち、ＣＩＡの陰謀について書くことなのです。シユミッツはアルゼンチンで暮らしながら、CIAの人間と連絡をとっていました。そして一九六四年にアルゼンチン人として来日した記録が残されているのです。この映像が証拠です」

「オリンピックを見にきたというのですか。わざわざ、アルゼンチンから日本に?」

信じられないように玉川がいった。

「長いあいだ私もそれが謎でした。なぜシュミッツは南米から日本にやってきたのか」

私はそれを聞きながら、今日は持参した自分のノートパソコンを立ちあげた。一九六四年の東京オリンピックを検索する。

「第二次大戦後、東西に分断されたドイツは、一九五六年メルボルン、一九六〇年ローマ、一九六四年東京の三大会に関して、東西統一ドイツという選手団を派遣している。ちなみに東京オリンピックで、この統一ドイツ選手団は、五十箇のメダルを獲得し、金メダルは一位アメリカ、二位ソ連、三位日本につづく四番目の獲得数だ。その中でも特にドイツが強かったのが——」

「馬術か!?」

玉川がいい、私は頷いた。玉川が訳すと、デビッドはいった。

「ドイツは伝統的に馬術が盛んなのです。しかしそれがなぜ——」

「この映像が撮影されたのは、バジコウエンといって、オリンピックのときに馬術競技がおこなわれた場所です。おそらく止まっている車の多さからして、撮影はオリンピック開催中だったと思われます。つまりシュミッツは、このバジコウエンに競技を見にきていた」

「統一ドイツチームは、馬場馬術団体で金、個人で銀、総合馬術団体と個人の両方で銅を獲得しています」

私はいった。

「ただ残念ながら選手名に関しては、馬場馬術個人で銀メダルをとったハリー・ボルト選手しか、ここではわからない」

「シュミッツは、統一ドイツ選手団をバジコウエンまで見にきたというのですか？」

デビッドがいった。

「わざわざアルゼンチンからくるくらいですから、祖国のチームだからという理由だけではないでしょう。選手の中に近い人間がいたのかもしれません。先ほど、シュミッツは二十八のときに結婚し、翌年息子が生まれたといっていましたが、一九六四年なら息子は二十四歳です。選手か職員の中にいて不思議はない」

私はいった。

「息子に会いに日本にきたのか」

玉川がつぶやいた。

「年齢で逆算すると、ドイツが降伏したとき息子は五歳だ。シュミッツがその後すぐ国外逃亡したとすると十九年間会っていないことになる」

私はいった。

「わざわざ日本にまできたことを考えれば、息子が選手であった可能性は高いですね」

デビッドがいい、私たちはあらためてテレビの画面を見つめた。

「映像を先に進めるぞ」

玉川がパソコンに触れた。二人の外国人が映っていたのは一瞬だった。その後またカメラは玉川を追い、それからは怪しく感じるような映像を私たちが発見することはなかった。

私たちは再び、アメ車の中の二人の白人の映像に戻った。

「この男は何者です？」

私はサングラスをかけた、シュミッツではないほうの男を指さし、デビッドに訊ねた。

デビッドは首をふった。

「わかりません。シュミッツが雇った運転手か通訳かもしれない」

「どちらでもないでしょう。当時、外国語が話せる通訳は払底していた筈です。この男はおそらくシュミッツに息子を見せるために、ずっとつきそっていた人物で、しかも玉川の親父さんが二人を撮影していたことに気づいた」

私はいった。

「確かにサングラスごしではあるが、カメラをにらんでいるな」

玉川が頷いた。デビッドは画面を見つめている。

「アメリカ大使館で、何かわかったことはありますか」

私はデビッドに訊ねた。デビッドは首をふった。

「いえ、五十一年も前ですから、排除については、誰も何もわからないの一点ばりでした」

「この男についてなら、わかるかもしれませんよ」

「彼が、玉川さんのお父さんを排除したCIAだというのですか」

「直接手を下したかどうかはわかりませんが、指示をした人物かもしれない」

デビッドは私を見つめた。

「なるほど。そうですね」

ゆっくりと答えた。

この先を、私はいうべきかどうか迷った。が、ここまでかかわった以上、黙っているのも嫌だった。

「デビッドさん、あなたの目的は、ナチスの戦争犯罪者の追跡であると同時に、CIAが彼らの逃亡に手を貸したと証明することではありませんか」

訳しながら玉川は、大丈夫かというように私を見た。

「おっしゃる通りです。私は作家ですが、イスラエル政府の補助もうけています」

「モサド、ですか」

私がいうと、デビッドは首をふった。

「彼らのような訓練をうけてはいません。私の仕事は書類を探し、インタビューをする、それだけです」

「シュミッツの足どりについては、どこまでわかっているのですか」

「シュミッツは一九八九年に、アルゼンチンで亡くなりました。一九六八年にアルゼンチンで再婚し、子供はいませんでした」

「するとシュミッツを探してつかまえるわけではないんだ」

玉川がいった。

「ええ。重要なのは、シュミッツにCIAが協力した、という事実です。この男は、シュミッツの身を守るためにミスタータマガワのお父さんを殺したかもしれない。おそらくCIAの人間で、今回公開された公文書は彼の報告書だと思います。私はそれをイスラエル政府に伝えるつもりです」

デビッドは玉川を見つめた。

「それで、何かが起こるのですか？」

とまどったように玉川は訊ねた。デビッドは微笑んだ。

「何も。何も起こりません。表面上は」

「ただアメリカとイスラエルの外交上の駆け引きの中で、イスラエルにとっては使える材料になるかもしれない。たとえばこの映像をインターネット上で公開すれば、改めてCIAがナチスの戦犯容疑者とつながりがあったという証拠になる。このサングラスの男の正体は、インターネットでならすぐにつきとめられる」

私はいった。

玉川が訳すと、

「確かにその通りです」

デビッドはいって、玉川のパソコンに触れ、DVDをとりだした。

「このDVDは、私がいただきます。あなたには八ミリのフィルムがある」

玉川を見つめ、告げた。

「そういうことか」

玉川は低い声でいった。

「インターネットにアップするかどうかは、ミスタータマガワの自由です。ただ平穏な生活をつづけられたいのなら、やめたほうがいいでしょう」

デビッドはいい、自分のパソコンと共にＤＶＤをショルダーバッグの中にしまった。

「お二人の協力を感謝します。日本にきて、知りたかった情報を得ることができました」

デビッドはソファから立ち、深々と、とってつけたようなお辞儀をした。

「それでは私はこれで失礼します。コーヒーとサンドイッチをごちそうさまでした」

「デビッド」

応接室の扉に手をかけたデビッドを、私は呼び止めた。

「何でしょう」

「本当はサングラスの男の名前も、あなたは知っているのではありませんか。見せてくれた書類は、玉川のお父さんの名前以外は塗り潰されていたが、本当はちがったのじゃありませんか」

玉川が訳したあと、

「確かにそうだ。親父の名前だけ残っているのは妙だと思ったんだ」

私にいった。

デビッドの表情はかわらなかった。私はつづけた。

「アメリカ大使館にいったのは、あの男のその後の情報を得るためだった。あなたは、シュミッツとあの男の関係を知っていて、それを裏づける情報を得るために、日本にきた」

デビッドはすぐには答えなかった。私を見つめ、それから玉川を見た。

「彼の名については、今ではなく、私の仕事が終わってから、ミスタータマガワに伝えます。なぜなら、彼はまだ生きているからです。高齢ですが、フロリダの老人ホームにいる。私が彼と会い、インタビューを終えたら、メールを送ります」

デビッドは告げ、応接室をでていった。私たちは二人とも、しばらく無言だった。

やがて玉川が口を開いた。

「コーヒーじゃないものを飲みたくなったな」

私の頭にはなぜか、遠い昔テレビで見た東京オリンピックの開会式の光景がよみがえっていた。とりどりの制服に身を包んだ選手団の行進を、あのときの日本人の大半がきっと感じていたにちがいない晴れがましい気持で、私も見た。

「同感だ。何だか、体が冷えちまった」

私は答えた。

あなたについてゆく

藤田宜永

ドーン、ドーン……。

大砲をぶっ放したような音で目が覚めた。戦争の夢でも見ていたのだろうか。吐《は》く息にはまだ酒のニオイが残っていた。寝酒のつもりが、つい杯《はい》が進んでしまった。

重い躰《からだ》を起こし、寝室を出た。居間のカーテンを開けると、抜けるような青い空が目に飛び込んできた。

あの音は祝砲ではなかろうか。

この時間、国立競技場では東京オリンピックの開会式が行われているはずだ。

煙草《たばこ》に火をつけ、ベランダに出て、神宮《じんぐう》の方に視線を向けた。

中空にたくさんの鳩《はと》が舞い飛んでいた。

ジェット機が姿を現し、国立競技場の空に円を描き始めた。

五輪のマークである。

私は五輪のマークを見ても何の感動も覚えなかった。美しく思えたのは澄み切った空だけだった。五輪マークは空の泡にしか思えない。

同じ高層アパートの住人たちの中にも、ベランダから空で繰り広げられている式典を愉《たの》しんでいる者がいた。子供たちの声が騒がしかった。

複雑な思いが胸に飛来した。

私は居間に戻った。テレビを点《つ》ける気はなかった。

先月、四十一歳になった私は、人生を振り返ることがたまにある。

仕事に忙殺されている私の隙をついて、少年の頃の勝ち気だった自分、死んだ親兄弟、修羅《しゅら》を演じた果てに別れた女房……もろもろのことが脳裏に甦《よみがえ》るのだった。

しかし、どれもこれも、度数の合わない眼鏡をかけて見ている風景のように焦点を結んではいない。だから、心を痛めることはまるでなかった。

ひとり暮らしにもすっかり慣れた。いや、むしろ、今は快適でしかたがない。

仕事の時は、すこぶる社交的に振る舞っているが、余計な付き合いは上手に断り、一昨年に引っ越した、この高層アパートにさっさと帰るようにしている。

私の住まいは渋谷区美竹町《みたけちょう》（現在の渋谷一丁目）にある。戦前は梨本宮《なしもとのみや》の大邸宅が大半を占めていた。

今年の三月、東京都児童会館が近くに開館した。皇太子明仁《あきひと》親王の結婚と浩宮徳仁《ひろのみやなるひと》親王の生誕を記念して建てられたものだ。

児童会館は美竹公園と渋谷小学校の間に造られた。

戦前、渋谷小学校は東急文化会館のところにあったはずだが、その後どこかに移転し、今は、私の住まいから見える場所にある。

昭和三十年代に入ると、東京は急激な変化を見せ始めた。特にここ数年の変わりようは目を見張るものがある。

新宿西口は大工事中だし、オリンピックに合わせるように、かなりのドブが姿を消した。

昭和三十七（一九六二）年の暮れに首都高ができた。と言っても、京橋《きょうばし》・芝浦《しばうら》間の約四・五キロが完成したにすぎなかった。工事は急ピッチで行われた。都内の至る所で〝破壊〟が日常となった。しかし、日本の未来に通じる工事は遅々として進まず、オリンピックの玄関口、羽田《はねだ》空港とオリンピック会場が繋がったのは二ヵ月ほど前のこと。世界から集まってくる外国人に何とか面目を保ちたいという一心で開通させたのだ。渋谷に首都高ができたのは、オリンピック開催日の九日前、新幹線が開通した十月一日だった。しかし、距離はたった一・三キロ。そんな道路を利用するドライバーなどいないのは当然である。

付け焼き刃の突貫工事を今頃になってやるぐらいなら、大空襲で東京が焼け野原になった時に、きちんと計画を立てて事に当たればよかったのではないか。あれだけの犠牲を払って、アメリカに無理やり、更地にさせられたことを逆手に取るという発想はなかったのだろうか。

それでも敗戦から十九年で、よくぞここまで復興したものだ。それができたのは、軍国主義だろうが民主主義だろうが、〝お国のため〟なら、羊飼いの言いなりになる羊の群れのごとく、右へ倣《なら》えする国民性のおかげだろう。

渋谷の変わりようも激しい。高層の建物が増えてきた。宮益坂《みやますざか》の渋谷郵便局の斜め前に十二階建ての宮益坂ビルが建ち、我が家の近所にも十一階建ての分譲アパートが造られた。戦前、宮益坂を上がった青山通り辺りには古本屋が建ち並んでいたが、その面影はほとんど見られなくなった。

シャワーを浴び、生あくびをかみ殺しながら出かける用意をしていると電話が鳴った。

午後四時すぎ。

「高藤《たかとう》組の安田《やすだ》さんが店にいらっしゃってます」支配人が小声で言った。

「用件は訊《き》いたか」

「個人的な用だそうです。でも、舎弟を連れてきてますよ」

「分かった。すぐに行く」

私は、同じ美竹町でナイトクラブを経営している。二階家の小さな店で、従業員の数は六十人程度である。店を開いて二年半。明朗会計をモットーに地道に営業してきた。その間、常に順風満帆だったわけではないが、売り上げは毎年伸びている。

高藤組は渋谷を地元としている小さな組で、組長とは知り合いである。店を開くに当たっては、きちんと筋目は通した。

幹部の安田が私に個人的な用がある？　さっぱり見当がつかない。

オリンピックをきっかけにして、首相の池田《いけだ》勇人《はやと》は、『暴力犯罪防止対策要綱』を閣議決定し、暴力団の壊滅を目指した。広域暴力団の指定も行った。

高藤組は、広域暴力団のリストには名を連ねていないが、今年に入って幹部ふたりが逮捕されている。

個人的というのは、厳しい取締から逃れるための口実かもしれない。組長との関係がよくても、ヤクザはヤクザ。甘い顔をしたら骨までしゃぶられる。ドスでぶすっとやられない程度に、突っ張るところは突っ張ってきた。

店は宮益坂を少し入ったところにある。

『スターダスト』と名付けた。ホーギー・カーマイケルの作ったスタンダードナンバーのタイトルで、ザ・ピーナッツが『シャボン玉ホリデー』の最後に必ず歌う曲だ。名曲からもらったには違いないが、他の思いもこもっている。

飲み屋なんぞ、東京には星の数ほどある。〝スター〟と〝ダスト〟の集まりなのだ。私は自分の店を〝スター〟にしようなんて野心はまるでない。〝ダスト〟にならなければそれで良し。しかし、その位置を保つのは実は至難の業《わざ》である。

私は歩いて店に向かった。

宮益坂を上ってゆく都電が見えた。

開会式はもう終わっているはずだ。これから渋谷にも人が繰り出してくるだろう。

店の裏口から入った。ボーイやバンドマンがすでに店に入っていた。

六時半から七時半まで、セット料金八百五十円で客を入れている。池袋にある大きなキャバレーの料金を参考にし、それより百五十円ばかり安くした。反対する者もいた。ナイトクラブは大衆酒場ではないというのだ。確かに。しかし、女で商売していることに変わりはない。

蓋《ふた》を開けてみると、案外客が入り、たまには長居してくれる閑人《ひまじん》も出てきた。指名があまりつかないホステスがせっせと出勤してきて、うだつの上がらない男を自分の客にして売り上げを上げている。

店には舞台とホールがあり、ミラーボールが取り付けられている。他の店に倣って『祝、東京オリンピック』の飾り付けをしたのは半年ほど前のことだ。

右へ倣え。私も、羊の群れの一匹にすぎないということだ。

外国人客に粗相がないようにと、警察からお達しがあった。

聞くところによると、銀座八丁目に最近オープンした『銀座ハリウッド』は外国人客をただにしているという。さすがに大手キャバレー・チェーンはやることが大胆だと感心した。

オリンピックに招かれた要人を迎える女性をコンパニオンと名付けた。それを真似て、ホステスをコンパニオンと呼ばせるようになった店もあると聞いている。

事務所は二階にある。私は階段を上がった。ドアの磨《す》りガラスに人影がちらついている。とかくヤクザは堪《こら》え性がない。

私は顔を作って、ドアを開けた。

動物園のシロクマよろしく、所在なげに動き回っていたのは、元相撲取りの舎弟だった。大銀杏《おおいちょう》を結っていたことが想像できないほどの禿《は》げである。

安田は窓際のソファーに大きく股を開いて座っていた。痩《や》せたキツネ顔の男で、以前はハジキの密売の元締めだった。歳は五十少し前だろう。

「お待たせしてしまって」

「いいんだ。いいんだ。あんたもオリンピックを視《み》てたんだろうが」

「ええ、まあ。で、御用の向きは」

「あんたとこの芦川恵美《あしかわえみ》な、今、ブタ箱に入ってるよ」

眉根《まゆね》が険しくなった。「どういうことですか？」

「小夜《さよ》の店で暴れて、飾り物を壊しまくった」尖《とが》った顎《あご》を軽く上げ、いかった小鼻を指でべたべたと撫《な》で始めた。

「分かりました。弁償させていただきます」

小夜という女の経営するスナックは栄通《さかえどおり》二丁目（現在の道玄坂《どうげんざか》二丁目辺り）にある。

小夜は安田の情婦《スケ》である。

安田がぐいと躰を前に倒し、上目遣《うわめづか》いに私を見た。奴の右目は義眼である。

「それだけじゃすまんかった。小夜に暴力を振るってな。しかたないから、小夜は警察を呼んだ。正式に訴えを起こすかどうかは、あんた次第。やっぱ、母親がパンパンで、父親が黒人兵。始末に負えんガキになってもしかたねえな」

「小夜さんの怪我の方は？」

「大したことないが、このかき入れ時に休業しなくちゃならねえんだよ」安田が口を半開きにし、眉をゆるめた。

「治療費、休業中の補償など、すべて私が何とかさせていただきます」

「木暮《こぐれ》さんは話が分かるね」

「きちんと数字が出たところでキャッシュでお支払いします」

「あんたにそこまで言われちゃ、訴えるわけにはいかねえな」安田は大きくうなずいてから、元相撲取りの舎弟に「電話機」と顎をしゃくった。

元相撲取りが、机の上の電話機を取り、安田に差し出した。

安田は渋谷署に電話をし、高樹《たかぎ》という刑事と話した。四課の高樹はヤクザからネタを取ると同時に、ヤクザに情報を流している男である。この件で高樹の懐《ふところ》も潤《うるお》うのだろう。

話は簡単についた。

「あんたが引き取りにいってやれや。親代わりの伯父と連絡がつかないそうだから」

「分かりました」

「とりあえず、今日んとこは五万、用意してくれ」

大卒の初任給は二万ぐらい。私の財布には常にその倍は入っているが足りなかった。私は支配人を呼んで店の金から支払った。

安田が立ち上がった。元相撲取りがドアを開けた。

「俺な、オリンピックを観にいくことにした。あんたは？」

「私は行きません。で、何を観るつもりですか？」

「女子体操。チャスラフスカって雑誌で見たけど、いい女だよな。木暮さん、どう思う？」

「別嬪《べっぴん》ですね」

「ああいうのと寝てみたい。四十八手裏表、何でもできそうだから。ウルトラC。たまらんな」

私は片頬《かたほお》をゆるめた。「恵美よりも手に負えないかもしれませんよ」

「そんなことはねえよ」安田はきっぱりと否定した。「チャスラフスカはレデーに決まってる」

私は噴き出しそうになった。スペルが分からないからレディーと言えないらしい。よくぞ、舌を嚙《か》みそうなチェコ人の名前が覚えられたものである。

「じゃ、おって連絡する」安田は私に背中を向け、大きく右手を上げ、事務所を出ていった。

私は煙草に火をつけ、窓を開けた。建物の影が路上にぼんやりと映っていた。その中を安田が元相撲取りを引き連れ、肩で風を切り、宮益坂の方に下っていった。

「馬鹿野郎」私は吐き捨てるように言い、窓を思い切り閉めた。

支配人がやってきた。私は事情を話し、渋谷署に向かった。

芦川恵美は『スターダスト』の専属歌手である。昭和二十一年生まれの十八歳。父親の黒人兵が帰国した後、母親は他に男を作り、いまだに行方知れずだという。育ての親は母親の兄だそうだ。

恵美と似た境遇から歌手になったのは青山ミチである。『ミッチー音頭』というダンスミュージックが大ヒットし、昨年もエンニオ・モリコーネの作った『ゴーカート・ツイスト』（一九六三年公開のイタリア映画『太陽の下の18才』のテーマ曲）をカバーし売れている。

芦川恵美は芸名。本名は本田《ほんだ》珠子《たまこ》という。エミリーと父親が呼んでいたことで恵美にしたと聞いている。

恵美を最初に見たのは、二年ほど前だった。東池袋にあるジャズ喫茶『ドラム』に行った時だ。六〇年代に入ってから世界中でツイストが流行し、『ドラム』のような音楽喫茶で踊り狂う若者が増えた。

渋谷では、駅前会館ビル（現三菱東京ＵＦＪ銀行の隣）の七階にある『テアトル』が人気があり、飯田《いいだ》久彦《ひさひこ》、北原謙二《きたはらけんじ》などが出ているという。

私が『ドラム』に顔を出した時、藤木孝《ふじきたかし》が出演していた。『２４０００のキッス』というイタリアのポップスのカバー曲が人気を呼び、一気にスターダムにのし上がったナベプロの歌手である。

藤木孝はハンドマイクを握り、激しく踊りながら『ルイジアナ・ママ』を歌っていた。狭いステージに客たちが上がり、腰を振っている。藤木は藤木で客席に飛び込み、歌い続けていた。

知り合いの息子がデビューした。私は親父に付き合って観に行ったのである。芦川恵美も歌った。声の質もいいし、リズム感も抜群。弘田三枝子《ひろたみえこ》に匹敵《ひってき》する実力のある歌い手に私は注目した。店がオープン間近だったこともあり、こういう無名の新人を雇えればと思ったのだ。知り合いの息子にそれとなく訊いてみたらテイチクからレコードデビューが決まっているという。

将来のある新人が、まだオープンすらしていないナイトクラブの専属になるなんてありえない。私は声をかけることもなくあっさりと諦めた。

その後、芦川恵美を思い出すことはなかった。

知り合いの息子は芽が出ず、しかたなくうちで雇った。甘いマスクだけが売りのヤサ男で、本人はプレスリー気取りだが、歌はからっきし駄目だった。一丁前なのは生意気さだけで、バンドの連中に嫌われていた。バンドの連中は、約束もなしに、譜面とは違うきっかけで演奏したり、途中で半音上げたりして意地悪をした。うまい歌手ならすぐに修正できるが、そいつにはできなかった。まるで音痴が歌っているみたいだった。私はバンマスを呼んで怒鳴りつけたが、クビにしたのは歌手の方である。それで知り合いと疎遠になってしまったがしかたがない。

恵美を紹介したのは音楽関係者の客だった。恵美は我儘《わがまま》で酒を飲むと暴れるし、仕事はすっぽかす。それで、テイチクをクビになり、小さなプロダクションの世話になり、地方のキャバレー回りをしているという。

「あの子をうちで雇いたい。素人《しろうと》の私が言うのも何ですが、歌は本物ですよ」

「それは誰しもが認めてる。けど、木暮さんでも手に負えないよ。止めた方がいい」

「俺は跳ねっ返りが好きでね」

「ロデオじゃないんだよ、社長」

鼻で笑われたが、私は芦川恵美が所属していたプロダクションの社長と話をつけ、引き抜いた。

恵美はステージでは潑剌《はつらつ》としていたが、普段は笑わないし、ふて腐れた顔ばかりしていた。

恵美は小柄で、胸も尻も大きかった。髪はショートカット。それほど癖毛ではないが、長くすると〝爆発〟してしまうのかもしれない。肌は小麦色。鼻梁《びりょう》は高いが鼻そのものは胡座《あぐら》をかいていた。くっきりとした二重に守られた瞳は大きかった。小さな唇は厚ぼったく、おしゃぶりが今でも似合いそうだ。

いずれにせよ、東洋人には見えない。黄色人種と黒人の合作は明らかだった。

決して美人ではないが、合作ならではのファニーフェースである。

正式に契約を結ぶ前、私は、彼女が着ていたブラウスの袖《そで》を捲《まく》り上げろと命じた。

恵美は嫌がったが、引かなかった。腕に注射の痕があるかどうか見たかったのだ。

「私、ペイ中じゃないよ」怒った恵美は、シャツそのものを脱ぎ、私を睨《にら》んだ。「どこ見てるのよ」

「もう分かった。酒は飲むな」

「それは無理」

「ここで働きたいんだろう？」

「ほどほどにする」

「約束できるか」

「うん」

しかし、約束は破られた。二度、店で暴れ、ステージを三度、すっぽかした。

しかし、クビにする気はなかった。客には人気があったし、ジャズでもポップスでも演歌でも、何でもこなせたからである。しかし、重宝だから置いておいたのではない。

何を歌っても、すべて芦川恵美のブルースになっていた。その歌声が、私のざらざらした気持ちと共鳴するところがあった。

私の好意が通じたのか、次第に恵美は大人しくなった。

客にはレコード会社の人間もいた。もう一度、恵美にチャンスが巡ってくれば、とそれとなく頼んでみたが、いい返事はもらえなかった。

渋谷署の一階で待っていると、恵美が現れた。処分保留で釈放されたのだ。

恵美は黒いスラックスにジージャンを引っかけていた。

私たちは係の警察官に礼を言い、署を後にした。

「すみませんでした」恵美がちょこんと頭を下げた。

「相手が悪かったな」

「そうだってね。デカが教えてくれたよ」恵美は他人事のように笑った。

「相手の男が金をせびりにきた」

「払ったんですか」

「そうするって約束した」

「馬鹿みたい。ヤクザに金なんか払う必要ないのに」

あっけらかんとそう言われた私は、苦笑するしかなかった。

「お前の親代わりはどうしてる」

「…………」

恵美の育ての親である伯父、本田徳太郎《とくたろう》には、恵美を雇った一年半ほど前に一度会っている。化粧品の行商人をやっていると言っていた。バッタもんを売り歩いているらしい。

徳太郎は背は低いが、がっしりとした躰つきの男だった。眉は武者人形のように凜々《りり》しい。しかし、物腰は柔らかく、目は優しかった。髪は七三に分けていた。つけすぎたポマードのニオイが鼻をついた。日向《ひなた》臭い肌をしているが、何となく不健康で、やさぐれている。前歯が一本抜けているせいか、笑うと余計に下品に見えた。日本が大きく変わろうとしているのに、いまだ闇屋の嫌なニオイがする。時代から取り残された人物のようである。会った時は五十ちょうどだと言っていた。

本当の伯父かどうか。恵美の言ったことを鵜呑《うの》みにはしていなかったが、探偵に素行調査を依頼するほどの話ではない。

徳太郎の発する闇屋のニオイには懐《なつ》かしさを感じた。ひょっとすると自分にも残っているのかもしれない。

私の兄は、昭和十七年、ニューギニア島で戦死し、両親は東京大空襲で焼夷弾の餌《え》食《じき》になった。復員してみると、家はなく、その土地には他の人間が住んでいた。土地は取り戻したが売れるはずもなかった。ちょっと英語ができたからアメリカ兵に取り入り、横流しされる果物なんかを売っていた。そうこうしているうちに水商売に入り、二流どころのキャバレーやナイトクラブを仕切り、今に至っている。

「珠子、いや恵美のことをよろしくお願いします。私は見ての通りの半端モンですから、何もしてやれませんので」徳太郎が、日向臭い肌から卑屈さを滲《にじ》ませて薄く微笑んだ。

恵美が成功したらお荷物になりそうな男に思えた。

明治通りと青山通りの交差点を渡り、店の方に向かった。

秋日和。にこやかな顔をした人たちと次々と擦れちがった。外国人の姿も見られた。

駅前は都電とバスの溜まり場で、そこも人で溢れていた。

「伯父さん、今も化粧品を売り歩いてるのか」私は少し間をおいて訊いた。

「よく分かんない」

「お前はまだ未成年だ。何かあったら、赤の他人の俺じゃ面倒を見きれない。伯父さんと話していいか」

「家にいるかどうか」

私は恵美に電話をさせた。

「伯父さんいないけど、うちに寄って。帰ってくるかもしれないから」

恵美の住まいは北谷町《きたやちょう》（現在の神南《じんなん》一丁目）にある。

ハチ公前の広場に出て、日活、松竹（現在の西武デパートの辺り）のある通りを進んだ。パチンコ屋から西郷輝彦《さいごうてるひこ》の『君だけを』が聞こえてきた。私が金を借りている渋谷信用金庫本店（現在はマルイシティ渋谷から渋谷モディに変わった前辺り）をすぎた。

「この裏にビリヤード場あるんだけど、今度やらない？」

「上手なのか」

「『ハスラー』を観てから好きになったの。ポール・ニューマン、恰好いいよね」

「うん」

「ね、伯父さんを待ってる間、ビリヤードやろうよ」

「馬鹿言うな。お前、今夜も八時半からステージに立つんだ。忘れるな」

区役所が見えてきた。以前は、公会堂も同じ場所にあったが、オリンピックに合わせて移転した。

職安のある通りを左に曲がり、入りくんだ道を進んだ。

恵美のアパートは、桑沢《くわさわ》デザイン研究所の裏手の路地にあった。

目と鼻の先が国立屋内総合競技場の広い駐車場である。以前はワシントンハイツ。

その跡地が競技場になりＮＨＫもそこにある。

「母さん、ワシントンハイツでメイドをやってたことがあってね」

「そこで、親父と……」

「違う。母さん、立川《たちかわ》のパンパンよ」恵美がからからと笑った。

恵美はアパートの一階に住んでいた。洗濯機は外に置かれていた。

「ビール飲む？」

「バヤリースオレンジがいい」

「そんなもんないよ。コーラでいいでしょう」

「ああ」

恵美が台所に入った。冷蔵庫がかなりの場所を占領している。

私は断りもせずに隣の部屋の襖《ふすま》を開けた。

八畳の部屋が家具で半分に仕切られていた。左側を恵美が使っているらしく、シングルベッドと小さな三面鏡が置かれていた。右側の部分の手前の壁には男物の服が掛けられ、布団が部屋の隅で窮屈そうに丸まっている。

仕切りを設けていることで、一緒に暮らしている相手と関係を持っていないとみていいだろう。

男の住んでいる方の奥に遺影が飾ってあった。男の両親のものだろう。遺影の隣に貼ってある写真が気になった。白いユニフォームをきた青年が走っているものだった。

「真面目な生活してるの分かるでしょう?」恵美が言った。

私は襖を閉め、小振りのソファーに座った。椅子も木製のテーブルもソファー同様、かなりボロボロである。テレビの隣の棚にラジオとポータブル電蓄が載っていた。電蓄は東芝製で、真空管を内蔵していて、ラジオに繋がなくても音が出るタイプのものだった。

テレビの傍《かたわ》らにレコードが山積みになっている。

コーラを運んできた恵美は、レコードをかけた。リトル・ペギー・マーチの『アイ・ウィル・フォロー・ヒム』だった。

恵美の持ち歌の一曲である。

「伯父さん、本当にちゃんと働いてるのか」

恵美が黙ってしまった。

「お前が養ってるんだな」

「恩人だから、困ってる時は助けてる」

「伯父さんってのは嘘じゃないんだろうな」

「うん。伯父さんが戦争から帰ってきた後に、母さんがいなくなった。伯父さんがいなかったら、私、孤児院に収容されてたね」

私はコーラを飲んだ。

進駐軍のキャンプで飲んだコーラは、こんな薄味ではなかった。ドロドロで飲めた代物《しろもの》ではなかった。

煙草に火をつけ、改めて居間を見回した。それなりのギャラは払っている。にもかかわらず、薄汚いアパートから抜け出せない理由は伯父にあるのだろうか。

「伯父さん、陸上の選手だったか」

「そうよ。戦前に東京でオリンピックが開かれるはずだったんだってね」

「開戦の前の年に開かれる予定だったけど、戦争で中止になった」

招致が決まると、あの時も東京は盛り上がっていた。銀座通りには日の丸と五輪の旗が掲揚され、日比谷公園に記念塔が作られた。そして提灯《ちょうちん》行列も行われた。

その頃は、私もオリンピックが東京で開かれることに興奮していた。

「伯父さん、マラソンで東京オリンピックを目指したんですって。それが中止になった後、兵隊に取られて満州に行ったそうよ。その前って、どこでオリンピックがあったんだっけ」

「ベルリン。当時、朝鮮は日本が統治してたから、日の丸をつけた朝鮮人がマラソンに出場して、金メダルと銅メダルを取った」

「そんなこと、伯父さんも言ってた。そしてね、その選手たちぐらいの記録は出せたって自慢してたけど、怪しいね。伯父さん、ほら吹きだから」

あの下卑《げび》た男に、そんな過去があったとは想像もできなかった。

やや間をおいて恵美がぽつりとこう言った。「なぜって訊かないのね」

「なぜって、伯父さんがほら吹きなのかどうか、俺には……」

「違うよ。私が喧嘩《けんか》した理由」

「酒乱に暴れる理由なんか訊いてもしかたないだろうが。誰かにまた馬鹿にされた。そういうことだろう？」

「そのバーで社長の元の奥さんに会ってさ、からまれた。私が社長の女だって誤解して、嫌味を言われたから、ついかっとなって」

私の別れた妻は銀座のみゆき通りの裏で小さなバーをやっている。

「社長は冷たくて身勝手な男だって言ってたよ」

「それは当たってるな」

私は短く笑った。別れた理由など恵美に話してもしかたがない。

レコードはとっくに止まっていた。

「私、お店、辞めるかもしれない」

私はじっと恵美を見つめた。「引き抜きか」

恵美は首を横に振った。或る芸能プロが契約したいと言ってきたという。

私はプロダクションの名前を訊いた。有名な歌手が所属しているところだった。

「宣伝費を出せなんて言われてないだろうな」

「言われるわけないでしょう？　金がないのは分かってるから」

「だったらいい。恵美はうちで燻《くすぶ》ってるような歌手じゃないから」

恵美が目の端で私を見た。「困らないの？」

「そりゃ困るさ。看板スターがいなくなるんだから。でもとめないよ」

恵美がそっぽを向いた。

「ちっとも嬉しそうじゃないな」

「迷ってるの」

「酒を控えればいいんだ。その自信がないってことだろうが」

恵美はレコードを替え、隣の部屋に向かった。「着替えてくるわね。留置場くさかったから」

ボビー・ヴィントンが、大ヒット曲『ブルー・ヴェルヴェット』を歌い出した。

甘いスローバラードを聴きながら、新しい女の歌手を調達しなくてはと考えていた。しかし、いきなりだから、当てなどまるでない。

「こっちに来て」襖の向こうから声がかかった。

煙草を消し、立ち上がった。襖を開けた私は一瞬、たじろいだ。

恵美はベッドの端に躰を預けていた。

素っ裸だった。膝小僧を抱き、顔を上げ微笑んでいる。

小麦色の肌が、枕元に置かれたスタンドの光を受けて鈍く光っていた。乳首がつんと立った、ふくよかな胸が両脇から押さえられているものだから、深い谷間を作っている。毛深い股間がちらりと見えた。

「分かった？　私が店を辞めるのを躊躇《ためら》ってる理由」

恵美は淡々とした調子で言ったが、ハスキーな声がほんの少し湿っていた。

アツアツの恋人同士だったら、ボビー・ヴィントンの甘い歌声が、気持ちをさらに高めてくれるだろうが、私の気分は萎《な》えるばかりだった。私は恵美を女として見たことは一度もなかった。

「黒人の血が入ってる女はやっぱり嫌？」

「そんなこと一度も考えたことない。恵美は日本人だよ」

「抱きたくない？」まっすぐに私を見た恵美の目は真剣そのものだった。

「いい躰してるよ。けど……」

恵美は次の私の言葉を待たずに、弾《はじ》けるような声で笑い出した。「徴兵検査を受けてるみたい。甲種合格？」

「な、恵美。俺もお前の親父代わりみたいなもんじゃないか」

「いいよ。店、辞めてやる」恵美がそっぽを向いた。「大ヒットを飛ばすからね。日劇を私ひとりで満杯にして見せる」

「服を着ろ。お前の気持ちはよく分かった」

「物分かりだけはいいのよね、社長は」

「で、いつ辞める気だ」

「まだ決めてない。でも少なくとも十一月いっぱいはいる。来月はレパートリーをがらっと替える。得意な曲ばかり歌っててはうまくならないから。聞いてくれるよね」

「もちろん」

恵美は膝小僧を抱いたまま、うなだれた。

「じゃ、俺はこれで」

「奥さんが言ってた通り、社長は冷たい」

「遅刻するんじゃないぞ」

私はそう言い残して、恵美のアパートを出た。

元来た道を戻った。民家の柿の木に風船が引っかかっていた。オリンピックの開会式で放たれたものが飛んできたのかもしれない。黄色い風船だった。恵美はレモンイエローのドレスが似合う。恵美は俺が引き抜いたが、迷い飛んできた風船と同じかもしれない。

区役所を越えた辺りで、後ろを歩いてくるふたりの男が気になり始めた。

俺を尾《つ》けているのか？　考えすぎかもしれないが、意識が背後に集中した。

渋谷駅の手荷物取扱所（現在のタワーレコードの辺り）の手前を左に曲がり、ガードを潜り、宮下町《みやしたちょう》に出た。

男たちは距離をおいてついてきた。

刑事かもしれない。が、私が監視されるはずはない。恵美か彼女の伯父、徳太郎と関係しているのかもしれない。

逃げ隠れする必要のない私は、金魚の糞《ふん》を引き連れ、店に向かった。

事務所の窓からそっと外の様子を窺った。男たちはひそひそ話をし、そのうちのひとりが店の名前を見てメモを取った。

彼らの姿が見えなくなると、恵美のアパートに電話を入れた。

「社長、すっぽかさないから大丈夫よ」恵美が、何ごともなかったかのような調子で言った。

「刑事みたいな奴に、お前の家から尾けられた。お前、心当たりはあるか」

「まさか」

「じゃ伯父さんだな」

「伯父さん、いい加減なとこあるけど、これまで警察沙汰を起こしたことはないよ」

きっぱりと言い切られたから、それ以上のことは訊かなかった。

その夜、店はそれほど混んでいなかった。ナンバーワンのホステスの客が豪遊してくれたので助かった。

バンドがラテンミュージックを演奏した後、恵美がヒット中の『ウナ・セラ・ディ東京』を歌った。客たちはホステスを誘ってチークを踊り始めた。

私は事務所に行き、ソファーに寝転がった。自分の後を尾けてきた刑事らしき男たちのことがやはり気になった。

三日後の十月十三日、安田の使いが金を取りにきて、三十万円支払えと言った。吹っかけやがって、とむかっ腹が立ったが、大人しく応じた。

その前日の夜、三宅義信《みやけよしのぶ》が重量挙げフェザー級で、日本に初めての金メダルをもたらした。公園で少年たちが、重量挙げの真似をして愉しんでいた。

オリンピック期間中、NHKは毎日十時間、生放送を行っていた。日本人選手にメダルの期待がかかる種目が行われる夜は客足が遠のいた。暇な時、事務所に置いてあるポータブルテレビを見に来るホステスもいた。

恵美はいつものように歌い続けていた。伯父のことをそれとなく訊いてみた。家には戻ってきていないという。

十月二十一日、水曜日はマラソンが行われる日だった。スタートは午後一時。私は家で昼飯を食いながら見るともなしに見ていた。日本からは君原《きみはら》、寺沢《てらさわ》、円谷《つぶらや》の三選手が出場していた。これまでのタイムからするとメダルに一番に近いのは寺沢だった。

ふと本田徳太郎のことを思い出した。

国立競技場が映し出された。

マラソンをフルコースで実況生中継するのは世界で初めてだという。

新宿から初台《はつだい》、下高井戸《しもたかいど》、つつじヶ丘《おか》を走り、飛田給《とびたきゅう》駅付近で折り返し、再び国立競技場に戻ってくる。

どんより曇った湿度の高い日だった。

途中でテレビを切り、店に向かった。

恵美に新しいレパートリーを聴いてほしいと頼まれていたからだ。

ピアニストであるバンマスが伴奏することになっている。彼にとってもマラソンどころではなかった。自分の作った曲も歌うことになっていたからである。

恵美はレモンイエローのドレスを着ていた。新しい曲を歌う時はいつもそのドレスを身につけ、気持ちを入れるのだという。

青山ミチがカバーしている『恋はスバヤク』を歌い始めたが、途中で自分の歌い方が気に入らないのか止めてしまい、バンマスと話を始めた。

雇ったばかりのボーイが私のところにやってきた。事務所に人がいるという。

刑事がきたのか。

「すぐ戻るから」と私は一緒に観ていた支配人に言い残して二階に上がった。

事務所のドアを思い切り開けた。

本田徳太郎が窓から外の様子を窺っていた。

「私に用ですか？」

首を巡らせた徳太郎がにっと笑った。かなり汗を掻《か》いていて、息も弾《はず》んでいた。

「恵美の顔を見にきたんですが、リハーサル中だったものですから」徳太郎が力なく笑った。

徳太郎の足元にスーツケースが置かれていた。

「あんた、警察に追われてるな」

「テレビ、点けてもいいですか？」

「はあ？」

「マラソン、視たいんです」

私は黙ってテレビを点けてやった。

アベベが快走していた。

「あんたがオリンピックを目指したことは恵美から聞いたよ」

「戦争がなきゃね。木暮さんも戦争に行ったんでしょう？」徳太郎はテレビを視ながら訊いてきた。

「行ったよ」

「満州、それとも南方ですか？」

私は答えなかった。

「私は満州で捕られ、シベリアに送られました」

「そんなことはどうでもいい。何をやらかした」

「おう。おう」

二位を走っていた選手が歩き出したのだ。円谷が簡単に抜き去った。しかし、アベベまでは遠い。

「私もあの頃にしちゃ、いい記録を出してたんですよ」

「あんたのせいで、恵美の将来がなくなるかもな」

「あの子は社長が好きなんですよ。何とかしてやってください」

「出てけ。恵美に見つからないうちに」

「もうちょっとだけ。うちでテレビを視ようと思ったけど、デカがうろついてたんです」

私は口を開く気がなくなった。徳太郎はマラソンに夢中だった。私も、彼の肩越しにテレビを視た。

やがて、アベベが国立競技場に戻ってきた。

疲れをまるで見せない走りだった。

『……偉大なるかなアベベ……』

アナウンサーが優勝したアベベを絶賛した。

それから四分ほど経ってから円谷が競技場に入ってきた。大歓声が起こった。

『円谷、頑張れ……』アナウンサーも応援に回った。

徳太郎は両手を握りしめ観戦していた。

私も徳太郎のことは忘れ、画面を見入った。

円谷がへばってきた。三位の選手が残り二百二十メートルのところで円谷を抜き去った。

円谷は必死に追ったが、抜き返すことはできなかった。

『……円谷、健闘、第三位に入りました。日本はベルリン大会以来、二十八年振りにメインスタジアムに日章旗を揚げることができました』

「やったな、円谷」徳太郎が拍手を送った。

私は黙ってテレビ画面を見続けていた。

徳太郎が立ち上がった。そして頭を下げると事務所を出ていった。

窓から外を見た。

「おい、いたぞ！」

ハンチングを被った刑事が、帽子を飛ばして徳太郎を追いかけた。制服警官もそれに続いた。

徳太郎が逃げる。五十路《いそじ》を越えているとは思えない走りで、角を曲がった。

ソファーに戻った私は音を消し、テレビを視ていた。

円谷のこともアベのこともう頭にはなかった。

国立競技場の造られた場所は明治神宮外苑競技場の跡地である。

昭和十八年十月二十一日、競技場では学徒出陣の壮行会が行われた。

雨が降りしきる中、私たちは学生服にゲートル姿で、三八銃を肩に掛け、行進した。あの時の私は、兄が戦死したこともあり、命を投げ出す覚悟だった。

赴任地は天津《てんしん》。多くの学徒出陣者と同じように、ほどなく将校となった。

復員したのは昭和二十一年、恵美が生まれた年である。佐世保《させぼ》から汽車で東京を目指した。広島の無残な姿を目の当たりにした。

一緒に壮行会で行進した者たちが何人も戦死したことは後で知った。

二十一年後、同じ場所でオリンピックの開会式が行われ、壮行会が行われた同じ日に、円谷が日の丸を背負って走りメダルを獲得した。観客席が沸いている。

私は何とも言えない気分だった。

今日、あの雨の壮行会を思い出した者は私だけではないはずだ。だが、おそらく、テレビで競技場の歓声を聞いた者のほとんどが、そのことは口にしないだろう。私も語る気はまったくない。円谷に拍手を送ればそれでいい。

　事務所がノックされた。

「どうぞ」

　私はテレビを消した。

　やってきたのは、この間、私を尾行していた男ふたりだった。

　薄白髪の刑事が警察手帳を見せた。名前は鈴木《すずき》と言った。若い方は殿山《とのやま》と名乗った。

「本田徳太郎がここにいたんですね」鈴木が口を開いた。

「マラソンを視てましたよ。テレビを視せてくれと言うもんですから視せたんですがね、マラソンが終わったら出ていきました。あの男が何か」

「あいつは事務所荒しでね。ここ一年で、あの男の犯行だと思える事件が五件ります。ともかく足が速いんです」鈴木が参ったという顔をして、髪を撫で上げた。「戦前、陸上部にいたらしいんです」

「マラソンをやってたと私には言ってましたよ。で、捕まったんですか？」

「やっとね」鈴木が安堵の溜息をついた。

「よくここに来たと分かりましたね」

「あいつのアパートから追ってきたんですが巻かれてしまったんです」殿山が口をは

さんだ。「ひょっとして、お宅の専属歌手に会いにきたかもしれないと勘をつけたんです。ぴったりでした」

「恵美にはもうそのことを話したんですか？」

「彼女は、伯父のやってたことを何も知らないらしい。だから、リハーサルの邪魔はしませんでした。後で事情聴取はしますがね」鈴木が答えた。

「私が署まで付き添います」

鈴木がうなずいた。「そうしてください。何せまだ未成年ですから」

私は事務所を出た。刑事たちがついてきた。

ホールに入ると、恵美がふくれっ面で言った。「どこに行ってたの。周りは騒がしいし」

「ごめんよ」

私は客席に腰を下ろした。

「恵美、俺のために『アイ・ウィル・フォロー・ヒム』を歌ってくれないか」

「いいけど、どうしたのよ」

「いいから歌って」

「全部、英語がいい？　それとも日本語を混ぜる？」

「日本語も混ぜて」

「ＯＫ」

男性のパートはピアニストが引き受け、コーラス部分から恵美が歌い出した。レモンイエローのドレスの裾《すそ》が揺れている。

恵美に、伯父が犯罪者であることがどう影響するかは分からない。しかし、彼女の人生の一ページが今日、捲《めく》られたことは間違いない。

高速道路ができようが、ロカビリーが流行ろうが、戦争の影は今も消えていない。

枝に引っかかった黄色い風船が割れなきゃいいが。何かあったら、私が、この戦争の落とし子の面倒を見る覚悟ができた。いつまでも俺についてきていいぜ。

店に恵美のパンチのきいた歌声が響いている。

私はくわえ煙草のまま瞼《まぶた》を閉じた。そして、万感の思いをこめて、恵美の歌を聴いていた。

I will follow him

Follow him wherever he may go

…………

I will follow him

命のあるかぎり、喜びを分かち合い

苦しいことにも泣かずに生きてゆく……。

私の目には、壮行会の模様が、昨日のことのようにはっきりと浮かんでいた。あの時の〝him〟は、私にとって誰であったか想像がつくだろう。勇ましい行進曲と拍手、そして、雨をものともしない力強い靴音が、恵美の歌と重なった。

私は目を開けた。

過去はたちどころに霧散した。

I will follow him

Follow him wherever he may go

恵美が私を指さし、歌っている。

私は満面に笑みを浮かべ、何度もうなずいて見せた。

号外

堂場瞬一

「無理だ」

そう言われるのは、予《あらかじ》め予想していた。しかし濱中大介《はまなかだいすけ》は、思わず両手を拳の形に握っていた。万が一――いや、こちらの説得によっては、話が通じるかもしれないと思っていたのだ。それを真っ向から否定されるとは。

「草加次郎《くさかじろう》ですよ？　今、一番注目されている事件じゃないですか」

「それは分かってる」社会部デスクの宮貞則《みやさだのり》が、渋い表情を浮かべて煙草《たばこ》をもみ消した。「分かってるが、今日は何の日だ？」

「オリンピックの開会式でしょう？　それは、どこの社でも同じように扱うだけじゃないですか。特ダネはいらないんですか」

「お前ね、状況を考えろよ。特ダネは歓迎するけど、何もこんな日に……」

「そういうのは、調整できないでしょう。急に飛びこんでくるのが特ダネってやつなんだから」

濱中は煙草に火を点《つ》けた。今日、既に五本目――朝八時にしては多過ぎ吸い過ぎなのは、濱中に限った話ではない。東日《とうにち》新聞の編集局全体が、白く煙《けぶ》っているようだった。東京オリンピック開会式当日ということで、今朝は普段より多くの記者が本社に詰めている。編集局の各部は仕切られていないため、それぞれのスペースから漂い出してきた紫煙が、靄《もや》のように広いフロアを覆《おお》い尽くしているのだった。まあ、国民的行事だから……オリンピック熱は一年以上前から日本国中を席巻《せっけん》し、東日新聞も当然、巻きこまれている。いや、その騒ぎを先導したのがそもそも新聞だと言ってよかった。「国民的行事」「復興の象徴」「国力の誇示」等々、分かりやすいスローガン。もっとも新聞社の中にも、濱中のようにオリンピックに興味を持たない人間もいる。大体濱中は昔から、祭りの類《たぐい》が嫌いなのだ。それに、日本全体が同じ方向を向いているのが、何となく気味が悪い。単純に昔から運動音痴《おんち》というせいもある。

そんなことより、草加次郎だ。何しろ本人を名乗る人間が接触してきて、今日、単独インタビューを取れる予定になっている。

「何とか紙面、空けて貰《もら》えませんか」

「無理だ」宮が繰り返す。「今日の夕刊はもう、全部埋まってるんだから」

「そんなの、何とでもなるでしょう」

「一面が欲しいんだろう？」宮が、どこか意地悪そうに言った。「一面は開幕原稿。写真は九段ぶち抜きだ。他の記事が入るスペースはないよ」

「草加が起こした京橋駅《きょうばし》の爆破事件は、一面だったんですよ」

「そんなことは分かってる」

「一面が無理でも、社会面、空けられませんか。どうせ下らない雑感で埋めるだけなんだし」

「下らないとは何だ、下らないとは」宮がいきなり激昂《げきこう》した。学徒出陣で満州《まんしゅう》に駐留し、その後シベリアに抑留《よくりゅう》された経験を持つ宮は、時折癇癪《かんしゃく》を爆発させる。戦中派のデスクは気が短いから……戦後派の濱中たちは時折陰口を叩くのだが、一度火が点くと、宮の怒りはなかなか収まらない。

濱中は、周りの視線を感じた。口喧嘩は社会部では日常茶飯事《さはんじ》なので、本気の喧嘩かそうでないかはすぐ分かるのだ。今回は、このまま喧嘩がエスカレートする予感を覚えて、緊迫した状態で見守っているのだろう。

「誰が書いても同じでしょうが。そんなことより、爆弾魔草加次郎本人のインタビューですよ？　このタイミングなら、間違いなく他社を出し抜ける」

「朝刊まで待てよ」宮が一歩引いた。「半日違いじゃないか」

「待てるわけないです。他社に感づかれたら終わりだ。それにどうせ、明日の朝刊もオリンピック関係一色なんだから、早く勝負したい」

「日本でオリンピックなんて、もう二度とないかもしれないんだぞ」

「そういう問題じゃないでしょう」

濱中は腰を曲げ、煙草を灰皿に押しつけた。東日の備品の灰皿は、深さ五センチほどもある大きな物だが、宮が使っているそれは、もう一杯になっている。今朝からいったい、何本吸ったのだろう。オリンピックの開会式など、そこにいれば誰でも原稿にできる。特ダネもクソもないし、各社同じような原稿になるのは間違いない。

「お前、調子に乗るなよ。少しぐらい特ダネを書いてるからって、オリンピックの紙面を捻《ね》じ曲げられるほど偉いわけじゃないだろうが。だいたい、草加次郎だという証拠はあるのか」

「もちろん。犯人しか知り得ない事実があります」

「それが犯人しか知り得ない事実だと、どうして証明できる」

「そういうのはちゃんとやってますから。裏を取るのは当然です」

「慌てると怪我するぞ。慎重に、ゆっくりやるべきじゃないか」

「そういう問題じゃないんだ」濱中は一歩詰め寄った。「負傷者も出て、あれだけ大騒ぎになった事件ですよ？　ここでけじめがつけられるんだから、きっちりやるべきでしょうが」

「とにかく、駄目だ」宮がさらに語調を強めた。「だいたい、実際にはまだインタビューできてないじゃないか。そんな状態で一面を寄越せって言われても、無理だね」

「遅版だけでいいんです」実際、早版には時間的に間に合わないだろう。

「何言ってるんだ。そもそも入場行進が午後二時スタートで、最終版は繰り下げにしてるんだからな。今日の夕刊は、何ヵ月も前から用意してきたんだから、今さらどうしようもないぞ」

クソ……濱中はまた煙草をくわえ、フィルターを嚙み潰した。ハイライトではなく、もっときつい両切りの煙草が欲しい。

「まあ、少し頭を冷やせよ」宮は話を打ち切りにかかった。「常識で考えればすぐ分かるだろう？　今日の夕刊には、オリンピック以上のネタなんか、載るわけないだろうが」

「特ダネとオリンピックと、どっちが大事なんですか！」

濱中は、思わずゴミ箱を蹴《け》飛《と》ばした。背の高いゴミ箱が床に転がり、書き損じた原稿用紙などが散らばる。

「貴様、ふざけるな！」宮が立ち上がる。小柄なのだが、怒りで顔を真っ赤にして、体が膨《ふく》れ上がったように見える。

「ふざけてるのはどっちですか！」濱中は怒鳴り返した。「記者の基本を忘れてるんじゃないんですか」

「何だと！」

宮が摑《つか》みかかってきた。濱中は宮の胸を突いて押し返そうとしたが、宮の握力は案外強い。他の社会部員たちが割って入ってきたものの、宮は濱中のシャツを離そうとしなかった。

「煩《うるさ》いねえ」

呑気《のんき》な一声で、騒ぎは一気に引いた。部屋の片隅にあるソファから、社会部長の水《みず》谷孝雄《たにたかお》が立ち上がる。よれよれのワイシャツのボタンは二つ外れており、胸毛が覗《のぞ》いていた。髪はくしゃくしゃ、顔の下半分は髯《ひげ》で黒くなっており、目も赤い。またあそこに泊まったのかよ、と濱中は呆《あき》れた。水谷はよく、酒を呑んで酔っぱらっては社に戻り、最終版の締め切りまであれやこれやと仕事の指示を出す。そしてそのまま、自分のデスクの後ろにあるソファにひっくり返って寝てしまうのだ。だらしない限りだが、何となく憎めない男で、部員の間で人気は高い。勢いだけで突っ走っているように見えて実は緻密《ちみつ》であり、まずミスを犯さない。濱中も、事件記者の先輩として尊敬していた。

「こんな朝早くから、何を騒いでるんだ？」水谷が大きく伸びをした。小柄で小太りの体型のせいか、だるまに手足がついているようにしか見えない。

「もう八時ですよ」どうやら冷静になったらしい宮が、鬱陶《うっとう》しそうに指摘した。

「お、そうか。いよいよ開会式だな」欠伸《あくび》を嚙み殺し、水谷が濱中の顔をちらりと見た。「騒動の原因はお前か」

「いや、俺は別に、騒動なんて――」

「飯」

「は？」

「朝飯、つき合え。どうせ食ってないんだろうが」

「それは――」

「いいから。俺は一人で飯を食うのが嫌いなんだよ」

ワイシャツの胸元に手を突っこんでぼりぼりと搔《か》きながら、今度は盛大に欠伸をする。そのまま、濱中の顔を見もせずに歩き出してしまった。濱中は仕方なく、水谷の後を追った。小柄な割に水谷は歩くのが早く、階段など、ほとんど走る感じで下りて行く。結局編集局の二階下にある喫茶室に入るまで、追いつけなかった。

朝八時過ぎの喫茶室は、さすがにがらがらだ。泊まり明けの記者たちが慌てて朝食をかきこむのは七時台である。水谷はモーニングのセットを頼んだ。トーストとゆで卵、コーヒー。彼はいったい、ここで何百回朝飯を食べたのだろう、と濱中は訝《いぶか》った。同じ物を頼んで、すぐに運ばれてきたコーヒーをブラックで啜《すす》る。水谷は、砂糖とミルクをたっぷり加えた。

「で、草加次郎がどうした」

濱中は思わずコーヒーを吹き出しそうになった。この部長は、いったいいつから話を聞いていたのだろう。まったく油断のできない男だ。

「本人に接触できそうなんです」

「おいおい」水谷が目を見開く。「何で本人だと分かるんだ」

「京橋の事件で、乾電池から『郎』の字が見つかっていますよね」

「ああ」

「あの乾電池……三菱《みつびし》製だったんです」

「それは、表に出ていない話だな？」水谷の眼光が急に鋭くなった。

「ええ。『郎』の字の話は記事になっていますけど、電池のメーカーについては、警察では伏せていました」

「こっちはそれを呑んだわけか。まあ、犯人しか知り得ない事実だな……当てずっぽうで言っている可能性はないのか」

「そこは信じたいと思います。本人は、自分がやった証拠を、まだいくらでも挙げられると言っているので」

「何で名乗り出てきたんだ？　そもそもどうしてうちなんだ」

「どうしてうちかはまだ分かりませんが、電話がかかってきたんですよ」

「本人から？」

「ええ」

その電話を濱中が受けたのは、一週間ほど前だった。泊まり勤務で、紙面作りが一段落した午前一時過ぎ。眠気に耐えながら最終版のゲラ刷りを読んでいる時に、目の前の電話が鳴った。

「京橋の爆弾事件のことで話があります」

そう切り出され、濱中の意識は一気に鮮明になった。地下鉄の京橋駅で電車内に時限爆弾がしかけられ、乗客十人が重軽傷を負った事件は、昨年九月五日に発生した。当時、警視庁クラブで捜査一課の担当だった濱中は、当然この件で取材に駆け回った——これが「草加次郎」が起こしたと見られる最後の事件である。

そもそもが、動機を摑みにくい犯人だった。

事の発端は二年前、一九六二年十一月に遡る。島倉千代子《しまくらちよこ》の後援会事務所に送りつけられた封筒に入ったボール紙のケースが発火し、後援会の幹事が軽傷を負った。この時、ボール紙に書かれていた名前が「草加次郎」。同じ月には、世田谷《せたがや》区内の公衆電話ボックスに置かれた本が爆発し、本に挟まれた紙片に、やはり「草加次郎」の名前があった。

一九六三年に入ってからは、七月に東横《とうよこ》デパートが脅迫され、実際に爆弾が爆発する事件が七月から八月にかけて起きている。そして九月の京橋駅爆破事件――世間は草加次郎を「爆弾魔」と呼んだ。鳴りを潜めて一年以上が経つが、もちろん警察は執念で捜査を続けている。実際この件は、オリンピックへの悪影響大、と判断されていたのだ。外国からの賓客《ひんきゃく》も多い世紀の祭典で爆弾騒ぎなどが起きたら、日本のメンツが潰れる、ということだ。

濱中は、今年の春に警視庁クラブを離れて本社の遊軍に移ってきたが、草加次郎事件は心残りだった。三年間の捜査一課担当の最後の方に起きた事件で、しかも未解決故、喉《のど》に刺《とげ》が刺さったような気分だったのである。

当時、まことしやかにささやかれていた噂に、「警視庁は既に犯人を割り出し、殺してしまった」というものがあった。逮捕せずに、非合法な手段を使って極秘に処分したとされる理由は、「犯人は警察官だったから」。身内の恥を晒《さら》すわけにはいかないからだ――というものである。しかし濱中は、この噂を一笑に付していた。いくら何でも、日本の警察はそんなことはしない。つき合っている刑事たちの顔を思い浮かべても、そんなことをする人間がいるとは思えなかった。

「そいつとは何回話した？」

「電話で三回、話しています」

「信憑性《しんぴょうせい》はどうなんだ？」

「電池の件は、裏が取れています。警視庁も興味を持っています」実際には「興味を持つ」どころか、濱中と共同戦線を組んでいる。だからこそ、何としても今日、記事にしなければならないのだ。このタイミングを逃すと、警察が表だって動き出すので、各社同着になってしまうだろう。その事実を部長にどこまで話すか……濱中は悩んだ。

しかしそれも、一瞬のことだった。水谷も事件記者上がりで、紙面では何より事件の記事を重視する。「特ダネなら二段大きくしてやる」が口癖で、いつも若い記者たちの尻を叩いていた。見出しの大きさが二段大きくなっても中身が変わるわけではない――濱中は少しだけ白けた気分で見ていたが、実際には自分も、水谷の考えに毒されている。この特ダネを一面に――社会面よりも格上だ――売りこもうと考えていたのだから。

話そう。そう決めて、濱中は深呼吸した。

「実は、この件は警察と協力してやっています」

「ほう」興味を引かれたようで、水谷がいっそう目を見開く。

「当時、捜査は一課が中心になってやっていたんですが、俺は今でも連絡を取り合ってます。今回の電話でも、裏を取るのに協力してもらいました」

「それで？」

「今日、俺がインタビューした後で、警察が踏みこむ手はずになっています」

「そいつはまたずいぶん、警察もサービスしたもんだな」水谷が皮肉っぽく言った。

「新聞優先で、犯人にインタビューさせるとはな」

「この件は、警察よりも先にうちが情報を摑んだんですよ」むっとして濱中は言い返した。「うちが先に話を聞く権利はあるでしょう」

「で？　草加次郎は何を話したがってるんだ？　そもそも何で、今になって打ち明ける気になった？」

「草加次郎の狙いはオリンピックだったんです」

「何だと」水谷の顔から血の気が引く。「お前、その件は宮に話したのか？」

「話す前に門前払いされましたから」先ほどの怒りが蘇《よみがえ》ってきた。「宮さんの、デスクとしての指揮能力には問題がありますね。事の本質を見抜く力がない」

「あいつが近視眼的なのは間違いないよ」水谷が親指と人差し指で丸を作って、右目に当てた。「目先のことしか見えてないからな。デスクとしては、それは致命的な弱点だ」

「まったくです。宮さん、この前も……」言いかけ、濱中は咳《せき》払いをした。宮の悪口を言い始めたら、一時間や二時間では済まない。煙草に火を点け、深く煙を吸いこんで気持ちを落ち着かせた。

水谷が濱中のハイライトを一本引き抜き、ワイシャツのポケットから高級そうなライターを取り出して火を点けた。万事に雑な男で、服装にもまったく気を配っていないのだが、何故かライターだけは金無垢《きんむく》である。そこに濱中は、かすかな癒着《ゆちゃく》の臭いを感じ取っていた。社会部記者は反骨で、権力に屈しない――それは単なる看板のようなもので、実際には誰かと癒着していることも少なくない。

「とにかく、今の話で格上げだな。まさか、本当に開会式を狙っているんじゃないだろうな」

「いや、そもそも『諦《あきら》めた』と言っているんです」

「そんなことを、お前に告白したのか?」

「悔しい、と。開会式を狙うつもりでいたけど、想像していたより警備が厳しい。結局断念して、新聞にすべてを告白する気になったそうです」

「逮捕覚悟なのか」

「ええ。捕まる前に、言いたいことは全部言っておきたいって。それは、分からないでもないですよね?」

「ああ。犯人の心理としては、ありだな」水谷がうなずく。「何が動機なんだ?」

「社会に対する不満、ということでしょうか。単なる愉快犯ではないです。本人は、六〇年安保の時に活動していたと言っています」

「活動家崩れ、か」

「ええ。いずれにせよ、新しいタイプの犯罪者かもしれませんね」

「人定はできてるのか？」

「まだ曖昧なんですが……名前は草加次郎ではありません。あれは、ペンネームのようなものです。本人は、『額賀宏《ぬかがひろし》』と名乗っています。ただし、裏は取れていません。この件はまだ、警察にも話していませんから」

「それは正解だな」水谷がうなずく。「あまり警察に情報を漏らし過ぎると、こっちを無視して先走りする恐れもある。話していて、どういう感じの人間だった？」

「インテリ臭いですね」冷静な声。理路整然と話す口調――濱中の頭には、電話での会話がはっきりと残っている。「大卒か、あるいは大学生か。理系のような気がします」

「なるほど。いい話だ……しかし実際、紙面は空いてないぞ」

「そこを何とかお願いできないですか」濱中は身を乗り出した。「もう、予定稿も用意してるんです」

「熱心なのはいいが、お前、そもそものやり方を間違えてる。一週間前にネタを摑んでおいて、オリンピックの開会当日になってそんな大ネタを持ち出されても、デスクも困るだろう。素人じゃないんだから……お前、何年目だ」

「十年生です……とにかく最初の情報では、犯人しか知り得ない事実が一つしかなかった。確証が摑めなかったんです。確証が取れて、本人が面会に応じると言ったのが今日なんですから、記事にするのが今日でも自然ですよ」

「ほう、一人前に、ネタの囲いこみができるようになったかと思ったぞ」水谷がにやりと笑う。「ぎりぎりまで内輪に対しても隠しておいて、最終版でどーんと出すのは、気持ちがいいものだからな」

「まあ、それは……」濱中は耳が赤くなるのを感じた。自分一人で取材を進め、極秘にしてきたことがよかったのかどうか。もう少し早めにデスクに相談すれば、何とか紙面を空けられたかもしれないし、もっと早く接触できていた可能性もある。

「とにかく、夕刊は無理だ」

「朝刊だと同着になるかもしれません」

「じゃあ、どうする」

「何とか夕刊を空けてもらって――」

「号外だな」唐突に水谷が言った。

「はい？」

「号外だよ。草加次郎、本紙に自白――十分、号外に値するネタだと思うけどね」

考えてもいなかった。濱中も、号外の発行にかかわったことはある。確かあれは、記者の側には大した負担はかからないのだ。いつも通りに取材して、いつも通りに原稿を書く。大騒ぎになるのは、朝刊・夕刊のローテーションの狭間《はざま》で仕事をしなければならない印刷工場の連中である。

「草加次郎——額賀とかいう男と面会するのは何時だ?」

「十一時です」

「予定稿をしっかり作れ。号外用に短く書くんだ。大事なのは犯人の写真だな。それが何よりの証拠になる」

「写真部を手配します」

「どこで会うことになってる?」

「世田谷にあるアパートです。そこが額賀の家らしいんですが……今朝早く、俺の家に直接電話がありました。それが三回目の電話です」朝五時。それで慌てて、濱中は会社に出てきたのだ。

「お前、自分の住所を教えたのか?」水谷が厳しい表情になる。「爆弾でも仕かけられたらどうするんだ。嫁さんも子どももいるだろうが」

「特ダネのためなら、家を吹き飛ばされたって安いものですよ」まだ三歳の長男のことを考えると、鼓動が一気に跳ね上がったが、濱中は平静を装《よそお》った。

「阿呆」水谷が本気で叱りつける。「命あってだぞ。もっと慎重になれ。お前みたいに戦争に行ってない人間には分からないかもしれないが、俺は命の大事さをよく知ってる」

「……すみません」本心ではないが、濱中は頭を下げた。水谷も、戦時中は中国で苦労した口だ。

しかし今朝の三回目の電話がなければ、記事にしようとは思わなかった。まだ、草加次郎だと確信できなかったから……向こうが唐突に、二つ目の「犯人しか知り得ない事実」を明かしたのだ。

「実は今朝の電話で、東横デパート事件の件で新しい証言があったんです」

「あれは、草加次郎の犯行かどうか、分からないぞ」水谷が疑わしげに言った。

「ええ。でも、金の受け渡し場所にいた警察官の様子を知っているんですよ。一人、赤いシャツで行った刑事がいましてね……ものすごく目立って、草加次郎はそれで警戒して、金を受け取りに現れなかったんじゃないかと言われています。当の刑事は、それで大目玉を食いました」

「ふむ……確かに、受け渡し場所を事前に知っていないと、その情報は分からなかっただろうな。正直、乾電池の話だけだと危ない感じだが、犯人しか知り得ない事実が二つ揃《そろ》っていれば、間違いないだろう」

「ええ」

「とにかく、十二時までに何とかしろ。本人の証言をきっちり取るんだ。今日は夕刊最終版の締め切りが遅いから、早版と遅版の間に号外の印刷を突っこめる。俺が直に交渉しておくから」

「ありがとうございます」

濱中は深々と頭を下げた。さすが、事件記者の先輩として頼りになる人だ。こいつは一大事――記者として一生のうちに一度経験できるかどうかということだ。特ダネを号外で発行するなど、破格の扱いである。

やってやる。人生最高の特ダネを、しっかり物にしてやる。

東京・地下鉄銀座線の京橋駅構内で、発車直前の車両に爆弾がしかけられ、乗客十人が怪我をするなど、一連の「草加次郎」事件で、犯人を名乗る男が東日新聞の単独取材に応じた。男は、爆弾に使用した乾電池の種類などについて正確に供述しており、警視庁の連続爆発事件特別捜査本部では、男を逮捕、厳しく追及している。男は「オリンピックの開会式も狙うつもりだった」と話しており、東京中を騒がせた「爆弾魔」事件は、急展開を迎えた。

男は、世田谷区在住の「額賀宏」●歳と名乗っている。（職業、学歴等入れる）と話している。

「額賀」は、六〇年安保騒動の時に大学生で（？）安保反対運動に身を投じていたが、終息後に強硬策による「世直し」（？要取材）のために、一連の事件を思い立ったという。次第に犯行をエスカレートさせ、オリンピック開会式での爆破事件を計画したものの、警備の厳重さに恐れをなして断念。「計画が実現できなかった」として、本紙に対して「自供」することにしたという。

一連の事件は、三十七年十一月四日、歌手島倉千代子さんの後援会事務所に爆弾が郵送されたのが最初。これを皮切りに、映画館、公衆電話ボックスと爆発事件が次々に発生、翌三十八年九月五日には、地下鉄銀座線京橋駅で電車爆破事件が起きた。爆弾事件は計九件、この他にもピストル狙撃事件、十八件に及ぶ脅迫事件など、「草加次郎」を名乗った犯人は世間を震え上がらせた。

濱中は水谷に事情を話してから二十分で、原稿をまとめた。十五字詰めで四十行……多少物足りない感じもするが、まだ空白になっている部分も多く、そこを埋めれば字数は増えるだろう。実際にインタビューして、まず京橋事件の詳細、さらに動機を語らせれば、記事はさらに膨らむ。「額賀」の写真を大きくあしらえば、号外の表面は完全に埋まるはずだ。裏面には、できたらこの予定稿の過去の事件部分を入れていきたい。表を作るのも手だが、そこまでは手が回らないか……いや、何とかなるだろう。部長肝《きも》いりで号外発行の準備が進められているから、手の空いた遊軍の記者が何人か、手伝ってくれることになったのだ。頼りになる連中だから、過去の事件のまとめなどは全面的に任せてしまっていい。

濱中は煙草に火を点け、もう一度原稿を読み返した。まずまず……まだ本人に会っていない段階では、上出来と言っていいだろう。あとはどこまで話を具体的に、さらに膨らませていけるかだ。裏面には、過去の事件の写真を使えば、十分埋まるのだが、せっかく号外の裏表をもらったのだ、できるだけ新しい情報を入れていきたい。

「できたか？」

水谷がすっと脇に立った。デスク任せにせず、部長自ら処理するつもりらしい。宮が内心苛々《いらいら》している様を想像して、濱中は思わずにやりと笑ってしまった。

水谷に原稿を渡す。あっという間に読んでしまうと、「サツの話を入れろ」と短く指示した。

「現段階では、入れられる話はないんですが」

「阿呆、お前のお友だちが捜査一課にいるだろうが。非公式でいいから、真犯人と判断できる材料のコメントを引き出すんだ」

「いいんですか？　警視庁クラブを飛びこえてやることになりますけど」捜査一課長

の正式なコメントを取らせようと思っていたのだが……。

「警視庁クラブは、この件でお前に抜かれたことになるんじゃないか」水谷が皮肉に唇を歪めた。「そんな連中に任せる必要はない」

「分かりました」

「ネタ元は、担当が終わっても大事にしておくべきだな」

「まったくです」

書きかけの原稿を抱え、濱中は社会部を出た。午前九時過ぎ、社会部も含めた編集局のざわつきは耐えがたいほどになっており、電話で微妙な話をするには不適切な環境だ。濱中は、遊軍が普段使っている別室に足を運び、ドアを閉めた。いつもはここで誰かが電話取材したり、原稿を書いたりしているのだが、オリンピックのせいで、さすがに今日は無人である。

「よし、と」気合いを入れて、煙草に火を点ける。いったい今日何本目か……喉がいがらっぽく、飴《あめ》か何かを舐《な》めたくなったが、号外の件が一段落するまでには、まだ何本も灰にしなければならないだろう。

受話器を取り上げ、今朝打ち合わせておいた番号に電話をかける。警視庁の本部ではなく、特捜本部が置かれた渋谷署の一室にかかる電話だ。

「峯脇《みねわき》」

これ以上ないほど、無愛想な声。しかし濱中にとってはいつものことで、慣れている。元々、こういう話し方しかできない男なのだ。

「濱中です」

「おう」

「号外を出しますよ」

「号外？　大事《おおごと》じゃないか」

「今日、紙面が空いてないんですよ」

「まあ、オリンピックだからな……ということは、水も漏らさぬ準備が必要になる」

「まさか、張り込みしてないでしょうね」

「それはない。約束は守る」

濱中は安堵《あんど》の吐息をついた。

「額賀」から電話がかかってきて、最初に相談した相手が峯脇だった。捜査一課の管理官として草加次郎事件の指揮を執《と》っていた峯脇に、濱中は担当時代から食いこんでいた。何度も一緒に酒を酌《く》み交わし、草加次郎の正体について推理を戦わせてきた、いわば同志。当時の担当記者の中で一番親しくしていたのは間違いないという自信はあったし、担当を外れて遊軍になった後も、ずっと連絡を取り合っていた。濱中にとっても特別な事件——何を担当していようが、何とか自分の手で犯人に辿《たど》り着きたいと思っていた。峯脇も志は同じで、だからこそ濱中は、真っ先に連絡を取ったのである。記者としてはあるまじきことで、まず遊軍のキャップや警視庁クラブ、デスクに報告すべきだったのだが……何より、犯人逮捕を確実にする必要があった。草加次郎は、重傷を負わせた事件の犯人――凶悪犯なのだから。

これが他の刑事だったら、上手くいかなかったかもしれない。大きな事件が起きると、警察にも新聞社にも情報が殺到する。その多くが使い物にならない話で、特に新聞社には冗談で電話してくる人間も多い。それ故警察の方では、新聞社側からの情報提供を疑ってかかることが多いのだが……峯脇にとって濱中は「別格」だった。すぐに「乾電池」の情報に食いつき、濱中を「釣り針」として使う、と宣言した。道具だと言われて少しだけむっとしたのだが、目的は二人とも同じである。代わりに濱中は、逮捕に先んじた単独インタビューを峯脇に確約させた。警察の立場としては、疑わしい人間がいればすぐに引っ張って事情聴取したい。しかしそれを先延ばしにしてまで、濱中に取材の猶予《ゆうよ》を与えたのだ。今朝も、「額賀」から電話がかかってきてすぐに峯脇に連絡を入れ、二つ目の「犯人しか知り得ない事実」が確かだったと確認した。

この事実は、警察内部でもごく一部の人間しか知らないはずだ。他の人間が知れば、新聞社の都合など無視してさっさと逮捕、ということになりかねない。いわば濱中と峯脇の「共謀」だ。あまり褒《ほ》められた話ではないかもしれないが、両者の利益を上手く両立できる。濱中としては、警察の介入が早まることだけは避けたかった。容疑者を特定すれば、張り込みなり尾行なりをして監視するのは警察として普通のやり方だが、それで「額賀」に気づかれたら困る。こちらとしては、「会う」という額賀の言葉を信じて、それまでは泳がせておきたかった。

「時間を合わせよう……あんたが会いに行くのは？」

「十一時」

「あと二時間弱か。インタビューは一時間で十分だな？」

「ええ」

「こっちは一時間しか待たないからな。十二時ちょうどに踏みこむ」

「任意同行ですね？」

「現段階ではな。その後は少し乱暴にやらせてもらう……しかし、逮捕は各社同着になるかもしれないぞ」

「所轄じゃなくて、本部へ引っ張るんですか？」

「そのつもりだ」

「だったら仕方ないです。本部へ引っ張って行けば、絶対にばれますからね」

「ブンヤさんたちの目は節穴じゃないからな……現地では、会わないように気をつけよう」

「そのつもりです」

濱中は、煙草を灰皿に押しつけた。珍しく、灰皿に他の吸殻《すいがら》はなかった。朝方掃除の人が片づけていって、その後誰も使っていないということだ。

「目も合わせないようにしよう」

「そもそも、俺の目が届く範囲にいないで下さいよ」

「合図はどうする」

「無事に会えるようなら、ドアのところに新聞を置いておきます。それが目印になるでしょう」

「新聞を置いてから一時間。それ以上は待たない」

「了解してますよ」

電話を切って、濱中はその瞬間を想像した。まず、十一時に自分が部屋に入る。誰か記者を一人同行し、メモ取りに専念させるつもりだった。あとはカメラマン。もしかしたらカメラマンは拒否されるかもしれない……話はするが、写真は撮られたくないと考える人間がいてもおかしくないのだ。いっそ、カメラマンには外で待機してもらうか。インタビューが終わったタイミングで部屋に入ってもらい、そこで強引に一枚。それがいい。濱中自身はその前に、できるだけ淡々と話を聞くつもりだった。

「額賀」は新しいタイプの犯罪者で、濱中の常識では計り知れない人間だと思うが、こちらが感情を露《あら》わにしたら駄目だ。感情を交《まじ》えず、ただ質問をぶつけ続ける——それしかない。最後にカメラマンが乱入して写真を撮ったら、「額賀」は激怒するかもしれないが、そこで怒っても後の祭りだ。その直後、自分たちを押しのけるように峯脇が突入し、ただちに身柄確保。「逮捕」ではないが、刑事たちが何人も部屋に入りこんできたら、抵抗はできまい。どさくさに紛れて自分たちは脱出し、近くで公衆電話を見つけて直ちに原稿の「穴あき」部分を埋める情報を送る——十二時半にはすべてが終わり、号外は直ちに印刷に回されるはずだ。

となると、時間がない。まず、「額賀」の住所を下見して、公衆電話を確保しておかないと。無線を使う手もあるが、誰かに盗み聞きされるのが怖い。無線は傍受《ぼうじゅ》される恐れがある、と考えておいた方がいい。

よし、出動だ。社会部へ戻る濱中は、自然に駆け足になっていた。

原稿を水谷に任せ、濱中は世田谷へ移動した。ますます都合がいい状況になってくる。公衆電話どころか、「額賀」のアパートの近くには東日新聞の販売店があったのだ。距離にして百メートルほど、ここへ駆けこめば、すぐに本社に連絡が取れる。

「何か、大事件かね」でっぷりして頰の肉が垂れ下がった六十絡《がら》みの店主は、興味んせ」

津々《しんしん》といった様子だった。

「びっくりしますよ……今日の午後は、空けておいてもらった方がいいかもしれませ

「午後は、オリンピックの開会式じゃないか」店主が顔をしかめた。

「それどころじゃないかもしれませんよ」

号外は大抵、ターミナル駅周辺で配られる。しかし時と場合によっては、各地の販売店まで運びこまれ、近くの駅などで配布してもらうこともあるのだ。今回の件は……そこまでやることかどうかは分からない。

「開会式より大事な話なんて、あるのかね」

「開会式は、どこが書いても同じでしょう。こっちは特ダネですよ、特ダネ」

　店主はどこか不満そうな表情を見せたが、濱中の説明にうなずいた。

「取り敢えず、ちょっと電話を貸してもらえませんか？　本社に連絡したいんです」

「どうぞ」

販売店の作業場所――新聞に広告を折りこんだりする場所だ――の片隅にある黒電話を手に取る。社会部の番号を回し、出た記者に部長に代わってもらった。

「どんな具合だ？」

「これから偵察です。取り敢えず、近くの販売店に電話を貸してもらうことになりま

して……今、そのテストです」

「現場からそこまで、どれぐらいある？」

「百メートル」

「よし。ボブ・ヘイズ並みに走れ」

濱中は思わず笑ってしまった。人類史上初めて、百メートル十秒の壁を破るのではないかと言われているアメリカの俊足選手のことは、反オリンピック派の濱中でも知っている。

電話を切って販売店を出ると、濱中は外で待機していた遊軍の若手記者・高嶋《たかしま》とカメラマンの森口《もりぐち》にうなずきかけた。十時ちょうど……約束の時間まであと一時間だ。

「現場を確認しよう」

二人が無言でうなずく。緊張しているのは、顔を見ただけで分かった。

アパートは、東急大井町《とうきゅうおおいまち》線等々力《とどろき》駅の近くにある。こぢんまりとした商店街の外れで、独身のサラリーマンが住むような建物だった。傍《かたわ》らを、成城学園前《せいじょうがくえんまえ》駅行きのバスが通り過ぎる。八百屋《やおや》、町医者、パン屋と小さな店が軒《のき》を連ねる商店街は今は賑《にぎ》やかだが、間もなく街頭からは人が消えるだろう。皆、テレビのある場所に集まって開会式に釘《くぎ》づけになるはずだ。

交通量が多い場所なので車を停《と》めておくわけにはいかず、濱中は少し離れた場所で待機するよう、運転手に命じていた。当然、社旗は外させている。

濱中は森口に命じ、アパート自体とその周辺の写真を撮らせた。号外用ではなく、明日の朝刊で使うためだ。さらに高嶋と手分けして、周辺の聞き込みを始める。時間もないし、派手にやるわけにはいかないが、何とか「額賀」の人物像を掴んでおきたかった。

「暗い人だったみたいですね」落ち合うと、高嶋が報告する。「近所の人と目が合っても、挨拶《あいさつ》もしなかったようです」

「アパートだから仕方ないかもしれない。奴が連行された後で、アパートの住人に聞いてみよう。さすがに、同じアパートに住んでいれば、言葉を交わしたことぐらいあるんじゃないか」草加次郎がいったいどんな人間なのか――記事には必須の材料である。

「濱中さんの方、どうですか」

「そこの牛乳屋のおばさんが、見たことがあるらしい」濱中は、アパートの二軒先にある牛乳屋に向けて顎《あご》をしゃくった。「隣の部屋に毎朝届けてるそうなんだが、急にドアが開いて、ばったり顔を合わせたことがあるそうだ」

「どんな感じの人間なんですか？」

濱中は一瞬目を瞑《つぶ》った。人の記憶がどれだけ当てになるか……見かけたのは二ヵ月、あるいは三ヵ月前だという。いずれにせよ夏場で、半袖の下着姿の「額賀」は、ドアを開けて目が合った瞬間、うつむいてしまったのだという。彼女が見たのは、「額賀」の頭の天辺だけだった。ごく短く髪を刈り揃えており、地肌が透《す》けるほどだった——顔の印象はほとんど残っていないという。実際、見たかどうかも定かではなかった。中肉中背、若い男、と分かっただけだった。

ただ、印象はよくないという。彼女の挨拶に一言も返さず、いきなりドアを閉めてしまったから。まるで、他人と会話するのを恐れるようだったという。

濱中は、都会でひっそりと一人暮らしをする、地方出身の大学生を想像した。それは、電話で聞いた「額賀」の声にも起因するものである。冷静で理知的、とても爆弾を破裂させるような人間とは思えなかったが、言葉自体は重い。自分の信念を信じて、ひたすら内に籠《こも》って準備を進めるような生活——大学進学で東京へ出て来て、すぐに六〇年安保騒動に巻きこまれたが、何もできないまま騒動は終息。燻《くすぶ》る気持ちを抑えられずに一連の犯行に走った——そういう人間が、社交的な生活を送っているとは思えない。一人アパートにこもり、ひたすら淡々と爆弾を作っている様を想像すると、背筋が冷たくなった。間違って建物を吹き飛ばしてしまう可能性もあるのだから。

問題は、一時間という短い時間でどれだけ喋《しゃべ》らせることができるか、だ。高嶋には、言葉を挟まないようにと既に言い渡してある。電話で話した限り、「額賀」は緊張しやすいタイプのようだ。二人が次々と質問を発すれば、黙りこんでしまうかもしれない。何とか信頼関係を作り、全面自供に追いこまないと。

「時計、合ってるか」濱中は自分の腕時計を人差し指で叩きながら森口に訊ねた。

「今、十時五十五分だ」

森口が腕時計を見て、「合ってますよ」と短く言った。

「十二時ちょうど……いや、十一時五十八分に部屋に入ってくれ。十二時ちょうどにサツが踏みこんでくる。それまでには写真を撮り終えて、脱出だ。サツと揉《も》めたら面倒なことになるからな」

「二分か……ちょっときついですね」森口が顔をしかめる。「光の具合が分からないから」

「基本的には暗いと思うよ」

「でしょうね」

よく晴れた一日——まさに日本晴れなのだが、アパートの窓は北向きだ。しかもそちら側には家が建ち並び、まともに光は入らないに違いない。南側にあるドアを開け放しにしておいても、さほど状況は好転しないだろう。

「ま、先にストロボ一発で撮りますよ。それで様子を見ましょう……この辺で待機しておいた方がいいですか？」

「いや、車に戻っていてくれないか。この辺で、カメラをぶら下げた人間がうろうろしてると、目立ってしょうがない。サツにもちょっかいを出されたくないんだ」

「出して来ますかね」森口の顔が翳《かげ》る。

「奴らが何を考えているかは分からないよ」峯脇は、こちらの事情を全て知っている。しかし、彼が率いる部下に対しては、秘密にしている可能性が高い。カメラマンがうろうろしているのを見たら、職質してくるかもしれない。「隠れてるのが一番だ。車の中にいれば、何も言われないだろう。声をかけられたら、他の取材だって話をでっち上げてくれ」

「今日、オリンピック以外の取材に行ってるカメラマンなんて、俺ぐらいでしょうね」皮肉を一つ吐いて、森口が去って行った。

背中を見送ってから、濱中はもう一度腕時計を見た。煙草を吸いたかったが、もう時間がない。

「行くぞ」

高嶋に声をかけて歩き出す。高嶋は一歩遅れてついて来た。顔は見えないが、緊張した気配ははっきり伝わってくる。気持ちは分かるが、取材は取材だ。いつもやっていること……しかし濱中は、いつの間にか自分もぎくしゃくと歩いているのに気づいた。記者生活十年、間違いなく最大級の特ダネである。これで緊張しないわけがない。

部屋はアパートの二階。中は六畳二間ぐらいではないかと濱中は想像した。小脇に抱えた東日の朝刊を引き抜く。「接触成功」の合図で、これをドアのところに置かなければ。

十一時ちょうど。

ドアをノックしようとして上げかけた手を、濱中は宙で止めた。周囲をぐるりと見回す。商店街の喧騒《けんそう》から外れた静かな住宅街で、人の姿は見当たらない。しかし、峯脇の部下が、この辺に潜んでいるのは間違いないだろう。峯脇本人は、どこか離れた場所で待機しているはずだが、時間ちょうどに部下を現場に向かわせるようなことはしないはずだ。はっきりとは言わないが、当該の住所で十二時まで待機、という命令は下しているはずである。何が起きるか分からないから、不測の事態に備えるのは当たり前だ。

「やりますか?」高嶋が硬い声で言った。

「ああ」

ノックする……返事はない。用心しているのだろうか。五秒ほど間を置いて、もう一度ノック。やはり返事はなかった。濱中は思わず、高嶋と顔を見合わせた。新聞を脇に挟み、ドアノブに手をかけてみる。ゆっくりと回す――鍵はかかっていない。もちろん、常に鍵をかけているとは限らないのだが、濱中は嫌な予感に襲われた。

「開いてる」

「不用心ですね」

「いや……逃げたかもしれない」

「まさか」高嶋の声が裏返る。

「鍵もかけずに、慌てて逃げ出した可能性もあるぞ」

「じゃあ、草加次郎じゃなかったんですか？」

「もしかしたら、面と向かって話すのが怖くなって逃げ出した、とかな」

「まずいですね」

「言われなくても分かってる」

濱中は、思い切ってドアを開けた。とはいえ、ほんの五センチ。ゆっくりと隙間を広げ、顔が入るだけ開くと、そこから声をかけた。

「額賀さん？　いますか？」返事はない。やけにひんやりした空気が、部屋から噴き出していた。もしかしたら窓が開いている？　ドアではなく、窓から逃げ出して、開けっ放しなのではないだろうか。

クソ、どうする？　踏みこむか、それとも警察が来るのを待つか。

「どうしますか」

濱中の苛立ちを加速させるように、高嶋が訊ねる。時間がない……号外は、穴埋めした後での印刷を待っているのだ。何とかはっきりさせないと。

濱中は思い切ってドアを全開にした。玄関には、下駄が一足。上がってすぐは台所になっていたが、生活の臭いは感じられない。住む人などいないような感じだった。台所の奥にある部屋……ドアは半分ほど開いていた。そこに、人の足が見える。両足……靴下の白がやけに鮮やかだった。寝ているのか、と濱中は訝《いぶか》った。

「何でしょう」背後から高嶋が訊ねたが、声は震えている。

「分からん」

濱中は靴を脱いだ。台所に立ち、もう一度「額賀さん」と声をかける。濱中は、鼓動がやけに速くなっているのを意識した。クソ、これは……このまま進んでいいかどうか、迷う。しかし、自分の目で確認しない限り、どうしようもない。

のろのろと進んだ。台所を横切る数メートルが、マラソンの距離のように感じられる。腿《もも》に拳を打ちつけ、自分に気合いを入れて何とか奥の部屋のドアを広く開けた。

死んでいる。

濱中は思わず息を呑んだ。「額賀」と見られる男は、壁に背中を預け、息絶えていた。首の深い傷、まき散らかされた血痕からも、既に絶命しているのは明らかである。目は閉じており、血まみれになって垂れた右手の先、畳の上には包丁があった。鋭利な刃物に、うねるような血の痕《あと》……自殺だ。首の傷は左側だが、右手に包丁を持って自分の首筋を傷つけようとする場合、左側に刃先をあてがうのは不自然ではない。

部屋の様子を確認する。ほとんど家具はない……「爆弾工場」のような状態も想像していたのだが、工具の類も見当たらなかった。デスク、本棚、ラジオ――争った様子はない。間違いなく自殺だ、と確信する。

濱中はゆっくりと唾を呑んだ。何なんだ、これは……中途半端に犯行の告白をしておいて、自殺。逃げるよりも性質《たち》が悪い。

「濱中さん……」高嶋が、不安気に声をかけてきた。「どうしたんですか？」

「死にやがったよ」

「え？」

「自殺だ」

「本当ですか？」高嶋の声が近づいてきた。

「入るな！」濱中は大声で警告した。「お前は、ここに入らなかったことにしておけ」

「しかし……」

「全員で警察の事情聴取を受けるようなことになったら、面倒だ」

その瞬間、濱中は、二ヵ所に連絡しなければならないことに気づいた。まず、峯脇。「額賀」が死んでいることを伝え、この状況の謎解きをしてもらわないと。新聞記者が現場を調べるには限界がある。警察の捜査力に頼らねば……。

もう一ヵ所、こちらの方が重要だ。号外を止めないと。

濱中は部屋を飛び出した。販売店まで百メートル。ボブ・ヘイズという訳にはいかないが、全力疾走した。普段の運動不足、それに煙草の吸い過ぎで、すぐに息が切れてしまう。しかし販売店に飛びこむと、驚いた表情を浮かべる店主を無視して、すぐに黒電話に飛びついた。社会部の番号を回し、誰が出たかも確認せずに、「中止だ！号外は中止！　ストップしろ！」と叫んだ。

最高の特ダネは、最悪の敗北に変わった。


「自殺は間違いない」

「そうですか……」

路上で峯脇と話しながら、濱中は改めて敗北感を味わっていた。

「名乗った通りの本人——額賀宏という男なのは間違いないよ。大学の学生証が部屋で見つかったし、アパートの大家にも確認できた」

「やっぱり、学生だったんですね」

「ああ、しかも理系だ。爆弾作りに関しては、当然文系の人間よりも詳しいだろうな……しかし、最高学府に学ぶ人間が、いったい何をやってるのかね」不機嫌な表情で峯脇が吐き捨てる。

「奴が草加次郎なんですか？」

「ああ、いや……失礼」峯脇が咳払いをした。「それはまだ確定できない。部屋をざっと調べてみたが、爆弾を作った証拠のようなものはないんだよ」

「片づけたかもしれないじゃないですか。痕跡が残っている可能性もあるでしょう。火薬とか……」濱中は、まだ「額賀＝草加次郎説」にこだわりたかった。

「もちろん調べるが、可能性は薄いな。遺書らしきものも出てきたんだが」

峯脇が、ノートを破ったらしい紙片を取り出した。濱中が受け取ろうとすると、さっと後ろに引く。何も嫌がらせをしなくても、と思ったが、峯脇は「あんたの指紋をつけるわけにはいかないだろうが」と言った。

それはその通りで……濱中は、峯脇が宙に翳《かざ》したままの「遺書」を読んだ。鉛筆書きで、かなりの達筆である。

この度の件については、話さないことにしました。話せません。もう一度……最後の一回を諦められません。東日新聞の濱中記者には申し訳ありませんが、この話は地獄まで持っていきます。私は、革命を起こしたかったのです。それは冗談でも何でもありません。私は本気でした。それを否定されれば、もう生きていくことはできません。


「俺宛じゃないですか」濱中は顔から血が引くのを感じた。内容をもう一度読み返し、今度はめまいを感じた。これは……。

「それはそうだが、これは証拠物件として押収《おうしゅう》する」峯脇が手を下ろした。

「この文言、告白文と同じですよね」

「しかし、具体的なことは書いていない」

「もう一度やる、と書いてあるじゃないですか」濱中には「犯行予告」とも読めた。

「それだけじゃ判断できない。とにかく、会場の警備は万全だから、心配するな」

「しかし……」

「結局、愉快犯だったんだよ」峯脇が不快そうに言った。「あんた、からかわれたんだ。号外は？」

「止めました」

「危ないところだったな」峯脇がうなずく。「恥をかかなくてよかったじゃないか。今回は名誉ある撤退ということで、な？」

納得できない。「額賀」が犯人なのは間違いないのだ。もっと証拠を集めて、今度は号外ではなく紙面で勝負——しかし濱中は、急速にやる気が失《う》せてくるのを感じていた。

「額賀」が死んだのはおれのせいだ。

今朝の会話……濱中は寝ぼけていたわけではない。電話をかけてきたのが誰か分かっただけで、一瞬で目が覚めたのだ。会話を交わしていく中で、「額賀」が「革命のためだ」と言った瞬間、濱中は笑ってしまった。六〇年安保運動が終息した今、革命などと言われても真剣味がない。そしてつい、「今さら革命なんて、冗談にもならない」と言ってしまった。今考えると、あの後、「額賀」は不自然に沈黙した。その後気を取り直したように、約束の時間を確認したのだが、声色《こわいろ》が変わっていた。低く、感情を抑えるような感じ……「額賀」はデリケートな男なのだろう。俺が笑ったことで、自分の真剣な犯行に水を差されたと思い、いきなり自殺してしまったのだから。遺書——書き置きが、その証明だ。

こんなことは誰にも言えない。自分のヘマで、草加次郎を永遠に失ってしまったかもしれないのだから。

近くの警察署に移動して、事情聴取。本社に状況を報告させるために、高嶋と森口は先に帰していた。一人だけの戦い……峯脇は敢えて事情聴取を担当せず——管理職の管理官だから当然だが――濱中は若い刑事に対して、「取材相手が自殺しているのをたまたま見つけた」とだけ説明を続けた。草加次郎の件については口をつぐむ。「取材目的は」としつこく突っこまれたが、そこは「言えない」を貫いた。

終わって、既に午後……迎えの車に乗りこんで、オリンピックの開会式が始まる時間だと気づいた。興味はなかったが、聞き逃せない気もする。運転手にラジオをつけるように頼み、濱中はシートに背中を埋めた。ファンファーレ、そして実況が始まる。

「ついにオリンピックがやってきました。日本で初めての、アジアで初めてのオリンピック」

そうかい。だからどうした――自分のヘマに苛立ち、素直に開会式の感動に身を委《ゆだ》ねることができない。

オリンピックは順調に日程を消化し、東日社内は、濱中が予想していた以上にオリンピック一色になった。運動部は当然かかりきりだが、社会部も……社会面も連日オリンピックネタで埋め尽くされ、その取材に関わっていない人間として、濱中は肩身が狭い思いをしていた。顔を合わせる度《たび》に、最初に掲載を拒否した宮が嬉しそうな顔になるのが気にくわないが、反論しようもない。

水谷とは、現場から戻ってきた時に大喧嘩した。

「あの時点で号外をやめて、いくら損したと思ってんだ」

「本人だと確認できない時点で、書けませんよ」

「きっちり詰めておかないからこんなことになるんだ！」

その後水谷は、何事もなかったかのように振る舞っている。濱中に声をかけてくることはなく、それ故無言で非難されているようで気が重かった。

最悪ではないはずだ、と自分を慰《なぐさ》める。もしも印刷に回ってしまってからあんな状況になっていたら、刷った分が全て無駄になる。いわゆる「黒損」で、その分の印刷費用はミスした人間に負担させる――そんな噂がまことしやかにささやかれている。

十月十五日。濱中は遊軍別室で、ぼんやりとテレビを眺めていた。どうせ紙面も空いていないし、これじゃ出社する必要はないよな、と皮肉に考えながら……ＮＨＫは、国立競技場から女子の百メートル予選、男子円盤投げ予選などの模様を中継している。円盤投げなどまったく興味がないのだが、やることもないので仕方がない。しかし、本当にテレビはオリンピックばかりだ。ＮＨＫなど、朝から夜まで、延々と中継を続けている。

もう、草加次郎のことは書けないだろう。本当に「額賀」が草加次郎だとして、自殺の原因が、自分の不用意な言動にあったとしたら、絶対に表沙汰にはできない。自分のミスを、会社の仲間や警察に知られるわけにはいかなかった。日々、「書けない」「書かない」気持ちが強くなってくる。

電話が鳴った。無視しようか、と考える。しかし身に染みついた習慣で、左手を伸ばして受話器を摑んでしまった。

「はい、社会部」

「九鬼《くき》と申しますが」

「ああ、峯脇さん」九鬼は、峯脇が濱中に連絡を取ろうとする時に使う偽名だ。何でも昔の華族の名前らしい。

「何だ、あんたか」峯脇が気の抜けた声を出した。

「どうかしましたか」

草加次郎の件は、まったく動きがなかった。「額賀」の身元は確認できたのだが、草加次郎の犯行に結びつく材料はない、と峯脇は断言していた。彼の部屋からも周辺捜査からも、疑うべき材料は出てこなかった。

「あんただから言うが……」

「何ですか」濱中は少しだけ苛ついた。普段の峯脇は、こんなまどろっこしい喋り方はしない。

「爆弾が見つかった」

「駒沢《こまざわ》」

「爆弾って……」

「まさか、オリンピック公園ですか？」濱中は思わず立ち上がった。「いつですか」

「今朝だ。警戒していた所轄の連中が見つけた。ただし、不発だったようだな。時限装置の設定時間は、とうに過ぎていた。タイマーの様子からすると、どうやらサッカーの試合を狙ったようだが。十二日に、試合があったんだよな？」

濱中は慌てて、机に積み重ねた新聞の山をひっくり返した。十三日の朝刊……十二日は、ブラジルとアラブ連合共和国の試合があった日に当たる。

「間違いないですね。確かにその日は、試合がありました」

「午前十一時に爆発する設定で、時限装置がセットされていた」

「殺傷能力は……」濱中は喉が張りつくのを感じた。

「人が死ぬほどじゃないが、大騒ぎになったのは間違いないだろうな」

「この件、書きますよ」自分のミスを一瞬忘れ、濱中は大声で宣言していた。

「駄目だ」峯脇が即座に言った。今まで聞いたことのない、厳しい口調だった。「この件はなかったことにする」

「どうして」濱中は食い下がった。

「騒ぎにするわけにはいかないからだ。オリンピックの最中に、外国からの賓客を不安にさせたら、日本の恥になる」

「そんな馬鹿な。大事件なんですよ」

「馬鹿じゃない。何でもかんでも公表するのが手じゃないぞ」

「だったらどうして、俺には教えたんですか」

「釘を刺しただけだ。もしも他のところから情報が入れば、あんたは書くだろう。それは避けたい」

「他紙の記者が気づくかもしれないですよ」

「あんたが一番危険なんだ。他の社の連中なんか、簡単に抑えられる」

それは褒め言葉でもあったが、濱中はまったく嬉しくなかった。オリンピックの最中に爆弾――素晴らしいネタである。しかし、普段からつき合いのある峯脇に釘を刺されてしまうと、頭の中で記事を組み立てる作業が停まるのだった。

「この件は控えてくれ。何年か経ったら書けるかもしれないが」

「そんなの、ニュースじゃないですよ。古い話なんて、書けない」

「いや……チャンスはあるだろうよ」囁《ささや》くような声で峯脇が言った。

「どういうことですか」

「額賀だが、奴の遺書は覚えてるか」

「ええ」一瞬で頭の中に蘇った。「もう一度……最後の一回を諦められません」あれは今考えると、今回の犯行予告だったのではないか。

「とにかく、まず爆弾を作ったのが額賀かどうか、確定させないと。もしもそこが実証できれば……」

「書きますよ」

「ああ、その時は書け。ただし、時間はかかるぞ。俺は絶対に諦めないが」

「待ちます。その時はもちろん――」

「あんたには最優先でネタを流す。大船に乗ったつもりで待っていてくれ。しかし、革命云々《うんぬん》っていうのは、変な話だな。何だか誰かと話して、全否定されたような書き方じゃないか？」

電話を切り、濱中は両手で顔を拭《ぬぐ》った。駄目だ、やはり書けない……自分のミスを正面から見つめる勇気が、濱中にはなかった。

ほとぼりが冷めるまで待つか――拙速《せっそく》に書くことだけが全てではない。書かないことで、峯脇に恩を売ったと考えてもいいだろう。おそらくオリンピックが終わってから、峯脇は捜査を本格化させるはずだ。警察の動きを睨《にら》みつつ、自分でも周辺を調べてみよう。

しかし――やはり書けないのではないかと濱中の気持ちは揺らいだ。重要な取材相手を、不用意な一言で自殺に追いこんでしまう――記者としては、絶対にあってはいけないミスなのだ。

結局、濱中がこの件を書くことはなかった。

額賀と爆弾の関係は結局はっきりしなかったし、濱中自身、別の取材に没入せざるを得なかったからだ。

昨年から今年にかけて、都内や埼玉で発生した連続少年通り魔事件——被害者の下腹部を切りつけるなど異様な犯行で、住民の不安は高まっていた。十月十日、オリンピックの開会式当日にも事件が起きていたのだが、捜査線上に少年の名前が上がり、捜査本部が事情聴取を行うらしいという情報が入ってきたのだ。

犯人は高校生だった——これはでかいネタになる。いったい、どんな人間がこんな異常な犯行に走るのか。

新たな事件は、古い事件を上塗りする。濱中は、この高校生の周辺を洗う取材に没頭し始めていた。

十四年後——一九七八年には、一連の事件は全て時効が成立し、草加次郎事件は未解決事件となった。濱中は草加次郎事件については結局取材することも書くこともせず、その時には福島《ふくしま》支局長を務めていた。紙面では大きく取り上げられていたが、

「そんなに時間が経ったのか」と思うだけだった。

「額賀」を死なせてしまった翌年、濱中は社会部から地方部に異動になり、その後は地方支局を転々とする生活を送ってきたのだ。水谷の差し金だということは分かっていた。ミスには厳しい男だから……そして十三年も地方回りをする生活を続けるうちに、濱中の牙はすっかり鈍《にぶ》っていたのだった。

予行演習《リハーサル》

井上夢人

1

金田《かねだ》先生に拳骨《げんこつ》を食らわされたのは、むろんイットクのせいだ。おおかた何かの拍子に思いついたネタでも喋《しゃべ》りたくて仕方がなかったのだろうけれど、よりによって乃《の》木坂《ぎざか》を上りきった途端《とたん》列を離れるなんて考えがなさすぎる。カーブ地点には教師が立っているのだ。列を乱せば厭《いや》でも目につく。せめて青山通りに出るまで待てなかったものか。

けれど、イットクは澄夫《すみお》の隣へ割り込むと、肩を寄せるようにして囁《ささや》きかけてきた。

「幽霊屋敷跡から死体が出たって、聞いた?」

「なに言ってんだ、おまえ」

前との歩調を合わせながら訊《き》き返すと、イットクは得意げに鼻を擦《こす》り上げた。

「だから、死体だよ、ホ、ト、ケ、サ、ン……」

背後に気配を感じ、あ、と思った瞬間、先生の拳骨が澄夫とイットクの頭頂部に落ちてきた。

慌てて背筋を伸ばし、澄夫は列の前方へ視線を上げた。

「ごめんなさいっ！」

澄夫が声を上げると、続いてイットクが「……なさい」と呟《つぶや》くように言った。

「真面目に歩け！　陸谷《おかや》、お前の位置はここか？」

いいえっ、とひと声発して、イットクは駆け足で列を戻って行った。

だから、その話の詳細は国立競技場まで持ち越しになったのだ。

十月三日——快晴ではないが、いい天気だった。

都電がチンチンと鐘を鳴らしながら追い抜いていく。

学年ごと、クラスごとに隊列を組み、澄夫たちは青山通りの商店街を絵画館前の銀杏《いちょう》並木へ折れた。

一週間後に迫ったオリンピック開会式の予行演習に参加する為に、全校生徒で神宮《じんぐう》外苑《がいえん》の国立競技場へ向かっている。学校からは二キロ程度だから、さほどの距離ではない。

各国選手団の入場行進の代理を務める高校生と違って、澄夫たち中学生は観客席を埋めるのが役目だった。予行演習なのになぜ観客が必要なのか、よくわからない。わからなかったが、厭ではなかった。逆立ちしたところで本番の開会式など連れて行って貰《もら》えるわけがない。むしろ嬉しかった。土曜の授業を全部つぶして予行演習に行くのかと期待していたが、国語と数学と英語は三時限まできっちりと受けさせられた。それぞれが弁当を入れた鞄と水筒を襷掛《たすきが》けにして、中学生たちの隊列がゾロゾロと石畳を進む。

「だらだら歩くな! ぴしっとしろ、ぴしっと!」

時折、引率教師の声がかかる。そのときだけ全員の足並みが揃《そろ》う。しかしそれも、五分とはもたなかった。

澄夫にとって、歩くのは苦痛でなかった。学校の行事に限らず、往復電車賃の二十五円を浮かせるために外苑どころか渋谷まで徒歩で行ったりしているのだ。五円割引の往復切符ではなく、十五円の片道切符二枚分をせしめられれば御《おん》の字だが、そうは問屋《とんや》が卸《おろ》さない。むろん、一人歩きの澄夫はずっと早足だ。こんなノロノロとした歩きではない。歩きながら考え事をするのが好きだった。他人《ひと》に聞かせたら嗤《わら》われるようなくだらない考えを、早足で歩きながら夢想する。

「――――」

ふと、前方でヒョコヒョコと歩いているイットクの後頭部を眺《なが》めた。

幽霊屋敷跡から死体──澄夫は首を竦《すく》めた。

怪奇映画かよ。何の話だ、いったい。

イットクの渾名《あだな》は誤読で付けられた。陸谷一徳は「おかや・かずのり」と読む。入学したばかりの最初の学級会で、金田先生がクラス名簿を片手に全員の名前を読み上げた。「りくや──」と、一瞬先生の言葉が詰まり、続いて「いっとく」と読んだ。本人の申告によって姓も名もすぐに訂正され、先生は「すまない」と謝ったが、生徒たちの間ではそのまま「イットク」が定着した。クラスで最も早く獲得された渾名だった。

新学期が始まって間もないある日、イットクは教室の後ろの掲示板に半紙大の貼り紙を出した。折り込みチラシの裏に点と横棒だけの模様を書き込んだ奇妙な代物だった。

「なんだよ、これ？」と騒ぐ級友たちを、イットクはニヤニヤしながら眺めていた。「あれは何だ」と訊いてくる者にも笑うだけで答えない。

澄夫は、はは あ、と思い当たり、少年探偵手帳をポケットから取り出した。モールス信号のページを開き、チラシ裏の暗号解読を試みる。

《「─・─││」は「エ」、「・・─・・」は「ド」──》

どうやら勘は当たっていた。

《エドガワランポ　ヲ　ヨムモノハ　ナノリイデヨ　オカヤ》

モールス信号の連なりは、なんとも他愛のない文面だった。

イットクの席へ歩き「この前『黄金仮面』を読んだよ」と告げると彼は顔を輝かせた。

「黄金仮面、持ってるんだ」

「兄貴の棚に隠してあるヤツを読んだ」

「すげえ。探偵手帳見てたよな。それも兄貴のか？」

澄夫は頷いた。

「親に告げ口すると脅して手に入れた。二冊持ってたんだ、兄貴。貰えたのは古いほうのヤツ。ＢＤバッジは貰えなかった」

三歳年上の兄繁夫《しげお》は新聞配達をして稼いだ金で小説本を買っていた。一番多かったのが江戸川乱歩。横溝正史《よこみぞせいし》も何冊か持っていた。むろん、その金の遣《つか》い途《みち》は親には内緒だった。探偵小説のような悪書を読んでいることがバレたら、父は雷を落とし、母は悲しむだろう。家では漫画も禁止だった。漫画は押し並《な》べて悪書とされた。

「ええと……」とイットクは右手を差し出した。「陸谷一徳」

その妙な間合いの自己紹介に、澄夫は思わず笑った。

「縞脇《しまわき》澄夫」

手を握り返すと、イットクもニヤリと口許《くちもと》を曲げた。

その時から、澄夫とイットクはよく連《つる》むようになった。金田先生からも《御神酒《おみき》徳利《どっくり》》と呼ばれるほど、二人は仲が良かった。

夏休みが終わりに近づいたころ、イットクは澄夫を映画に誘った。

「ビートルズ？」

見返すと、イットクはニヤニヤしながら頷いた。

「行こうぜ、休みのウチならバレないよ」

「………………」

封切りになったばかりの《ビートルズがやって来る　ヤァ！ヤァ！ヤァ！》は、学校で禁止された映画だった。夏休みの登校日に、金田先生からは「観に行った者は不良と見做《みな》す」と言い渡された。

おそらく、イットクを動かしたのは、それが「禁止された映画」だったからだ。それまで、彼の口から「ビートルズ」なんて洋楽グループの名前が出たことはない。プレスリーだとか、ポール・アンカでさえ話題には出ないのだ。

「まこ、あまえてばかりでごめんね～」

と音痴な流行歌をふざけて歌うぐらいが、音楽に対するイットクの限度だった。

澄夫にも同じようなところがあるが、禁止されたものには抗《あらが》い難《がた》い磁力のようなものが秘められている。「だめだ」と言われれば、その奥に甘美な何かが潜んでいるように感じる。だから、イットクはビートルズの映画を観たいと言ったのだ。

だが結局、澄夫たちは映画館へ行かなかった。と言うより、行けなかった。二人とも入場券を買う百五十円が調達できなかったからだ。

2

どうやら、予行演習で観客席を埋める役目は都内の中学生だけではなかったらしい。満席とまではいかないが、国立競技場は大入りの状態だった。以前の授業で、金田先生は「四万八千席だ」と誇らしげに言った。

見渡せば、大人もいれば、小学校低学年の子供もいる。祝砲が鳴り、聖火が競技場を一周すると観客席から怒濤《どとう》の歓声と拍手が起こる。数百羽の鳩が放たれ旋回しながら空へ向かえば、君が代の斉唱に観客席の全員が立ち上がった。そして、五機のジェット戦闘機が競技場の真上に飛行機雲で五輪を描く。

「輪っか、一個離れちゃったぞ！　四輪じゃないか！」

と誰かが叫び、あたりに笑いが起こった。

「澄夫」

呼ばれて横を見ると、イットクが隣の席に腰を下ろしていた。それまでその席にいた小森健太朗《こもりけんたろう》は、向こう側へ押し遣《や》られて顔を顰《しか》めていた。全員の視線が空に向けられている隙に、席を移動してきたらしい。

「で、ホトケさんの、ことだけどよ」

イットクは海老《えび》のように身体を屈《かが》めて、澄夫を覗《のぞ》き込んだ。

「続きの話か」

「大事件だからな、知ってるヤツはまだ誰もいないぞ」

「幽霊屋敷跡と言ったな。あそこは今、工事中じゃないか」

「ドカンとデカイ穴が空《あ》いてる。その穴から掘り出されたんだ」

「掘り出されたというと、白骨化した死体か？」

「いや、出来たてのホトケさんだって話だった」

「出来たて……」さすがにその表現は不謹慎に思えた。「人間の死体？　犬とか猫の話だったら殴るぞ」

「犬や猫でパトカーが来るかよ」

「パトカーが来てたんだ。いつの話だ、それ」

「今朝」

「イットク、お前、今日遅刻したのは、それでか?」

ニタリと笑い、イットクは鼻を擦り上げた。

幽霊屋敷というのは、つい一週間ほど前に取り壊された旧曾埜田《そのだ》邸のことだ。日大三高《にちだいさんこう》のグラウンドを見下ろす赤坂氷川町《あかさかひかわちょう》の高台は、長い間草茫々《ぼうぼう》のまま放り出されていた空き地だった。膝丈ほどもある雑草の中に、古い洋館が建っていた。二階建ての白壁はあちこちで剝がれ落ち、その下から煉瓦《れんが》が覗き、さらに蔦《つた》がそれを覆っている。窓のガラスはほとんどすべてが抜け落ち、バルコニーは傾いて手摺《てす》りの半分を失っていた。

むろん、そこは男の子たちにとって、恰好《かっこう》の肝試《きもだめ》し場となった。二年ほど前、冒険心の強い小学五年生の男子数人が旧曾埜田邸に忍び込み、中の一人が腐った階段を踏み抜いて怪我《けが》をした。錆《さ》びた釘が長靴の底を貫いて彼の土踏まずに突き刺さったのだ。

それ以前も許されていたわけではないが、学校はあらためてその空き地へ入ることを禁じ、ガリ版刷りの学校報まで作って配付した。

禁じられたからといって、肝試しが止むわけではない。怪我をした男子生徒の話が武勇伝となって、旧曾埜田邸への侵入行為は隠れて行なわれるようになり、その結果、さらに過熱した。

見聞には尾鰭《おひれ》が付き始め、不気味な泣き声が聞こえるだの、二階の窓を白い服の女が横切っただの、果ては日大三高の野球部の打った特大ホームランボールが屋敷の中に飛び込み故曾埜田栄吉《えいきち》の肖像画を壊したためにその年は甲子園に行けなかったという噂まで立って、そこはすっかり幽霊屋敷と呼ばれるようになってしまったのだ。

ところが、突然、その遊び場が消えた。

ほんの十日ほど前、空き地の周りに金網の柵囲いが並べられた。巨大な建設機械が運び込まれ、敷地前から延びる転坂《ころびざか》をダンプトラックが行き交う。柵に掲げられた看板には「曾埜田建設新社屋工事」と墨書《ぼくしょ》されていた。

日曜日に行なわれた旧曾埜田邸の取り壊し工事を、偶然、澄夫はイットクと一緒に見ることになった。

澄夫の家は福吉町《ふくよしちょう》だが、イットクの家は氷川町にあった。家の隣がキリスト教の教会で、澄夫が訪ねたときはオルガンの調べに乗せた賛美歌が静かに聞こえていた。

「どこ行く？」

ズックを突っ掛けて現れたイットクが訊く。誘いには来たが、澄夫にも遊びの心積もりがあるわけではなかった。

「ザリガニを釣る季節でもないな」

言うと、イットクは口を曲げた。

「弁慶橋《べんけいばし》か？　まだいるかも知れないが、中学生にもなってザリガニ釣りかよ」

「夏休みに獲《と》りに行ったじゃないか」

「いや、一年の夏休みまでは小学生の殻がついてる。二学期からは違うよ」

「公園にでも行って考えようぜ」

「ああ」

氷川公園に向かおうと足を向けたとき、二人は前方の空き地に異様な光景を見た。

「………………」

工事現場を取り巻く金網の向こうに巨大なクレーンが聳《そび》え立っていた。その背後には旧曾埜田邸が、左右に翼をひろげたようなシルエットを作っている。

次の瞬間――二人は同時に駆け出した。

澄夫たちが金網に取りつくのを待っていたかのように、いきなり、クレーンから吊り下げられた鉄球が、振り子の弧を描いて屋敷の北側の壁に激突した。強烈な衝撃音が澄夫の全身を擲《なぐ》りつける。凄《すさ》まじい地響きに、小便を催《もよお》したようになって思わず唾《つば》を呑み込んだ。

屋敷全体が、もうもうとした土埃《つちぼこり》に包まれる。

澄夫の喉《のど》が、詰まったような音を立てた。

鉄球が引き上げられ、二度、三度、と屋敷の壁を破壊する。

「馬鹿野郎！　二間《にけん》左に撃て！　左、左！」と、どこからか怒号が響いた。その声に、澄夫はギクリと背筋を伸ばした。

ショックだった。嘘のような光景だった。幽霊屋敷に対して抱いていた畏怖《いふ》のような気持ちを、屋根や壁と共に鉄球が砕いていく。

澄夫もイットクも、言葉を失っていた。

「ちょっと、あんた！」

甲高い声に、澄夫は左手へ目をやった。金網の前で腕組みをした老婆が立っていた。工事現場の中を睨《にら》みつけるようにして声を上げている。木材を抱えた労務者が、ポカンとした顔で老婆に目を返した。

「ちょっとこっちへいらっしゃい！　あなたに言ってるのよ。来なさい！」

澄夫はイットクと顔を合わせた。イットクは肩を竦《すく》めて口をひん曲げた。

「服部《はっとり》のオババ」と囁くように言う。

「服部……？」

訊き返すと、イットクは小さく首を振った。

「なんだが？」

道路脇まで歩み寄ってきた労務者が、きつい東北訛《なま》りで服部のオババに問い返した。老婆は、その労務者の言葉に顔を顰《しか》め、ふう、と息を吐き出した。

「うるさくってどうにもならないわ。責任者を呼んでちょうだい！」

「責任者ァ？　責任者て、誰のごどだべ。わだば、わがんねはんで」

「なにを言ってるの？　あんたじゃ話にならない。ちゃんとした日本語が話せる者を呼びなさいって言ってるの！」

いきり立った老婆の金切り声に、横で聞いている澄夫たちのほうが竦み上がった――。

国立競技場に行進曲が鳴り響き、電光掲示板に「選手退場」という文字が浮かび上がった。

イットクが澄夫の腕を突く。

「掘り出された死体、誰だったと思う？」

澄夫はベンチの上でイットクを見返した。

「誰かわかってるのか？」

「服部のオババ」

「………」

顔を覗き込むと、イットクは満足そうに頷いてみせた。

3

座り続けて、尻が痛い。ほとんど十分おきに尻の位置を変えている。

トラックでは、高校生たちが乱れぬ行進を続けていた。旗手役は国旗を掲げて先頭を歩いているが、今、退場しているのがどこの国の選手なのか、澄夫にはまったくわからない。そんな行進を見続けるのが苦痛になり始めていた。退場行進は、まだまだ終わりそうにない。

「服部のオババって、工事がうるさいって文句を言ってたあの婆さんだよな」

イットクと話をしていれば、退屈も紛《まぎ》れてくれる。行進曲は大きく鳴り続けていたし、そもそも大方《おおかた》の式次第が終わった競技場は、全体が熱を帯びてざわついていた。これなら、教師から私語を見咎《みとが》められることもあるまい。

「そう。たしかウメって聞いたな。服部ウメ。道の向かいのしもた屋に、一人で住んでいる」

「向かい側って、幽霊屋敷の……というか、工事現場の向かいなんだな？」

「うん。転坂を挾んでね。まあ、確かに物凄《ものすご》い音だったから、あれが生活に差し障《さわ》るというのもわからなくはないね。地響きも相当だったし」

「独り暮らしなの？　ウメ婆さん」

「そう聞いた。前は義理の娘と一緒に住んでたようだけど、毎日のように摑《つか》み合いの大喧嘩《おおげんか》ばかりしていたらしい。そんな状態で七、八年前に娘のほうが出て行ったんだって。それからは一人で住んでるんだってさ」

「ふうん」と、澄夫はイットクを見つめた。「誰から聞いたんだよ、そんな話」

「オフクロ。町内会の人が来たときに話しているのを横で聞いた。もうかなりの歳なのに、世話してくれる人に出て行かれて、他に身寄りも無いようだし、この先どうするんだろうって。せめて町内の見廻り当番が声をかけるぐらいのことはしてやったほうがいいんじゃないか、みたいなことを話してた」

澄夫は、詰め襟の位置を直しながら頷いた。周囲を見渡し、先生の姿がないことを確認して鉤《かぎ》ホックを外す。顎《あご》にあたるカラーの感触が、いまだに慣れない。

「掘り出されたってことは、服部のオババは、殺されて埋められたってわけだ」

「うむ……」わざとらしく、イットクは眉を寄せてみせた。「そう言い切るのは危険かも知らんぞ」

澄夫は薄笑いを浮かべながら友人を見返した。

「なんだ、違うのか？　掘り出されたって言ってたじゃないか。てことは殺されて埋められたということだ。だろ？」

「いや、必ずしもそうはならない」

「……………」

「いいか、掘り出された場所が原っぱだとか、どこかの庭や路上だったら、まず埋められたと考えて間違いない。だが、服部のオババが掘り出されたのはデカイ穴の底からだ。ビルディングを建てるための基礎を造る穴だから、けっこう深い」

「どのぐらい？」

「正確には知らない」イットクは首を振った。「警察の検分を眺《なが》めてた日雇労務者《ニコヨン》のおっさんに訊いたけど、訛りがきつくてよくわからなかった。けっこう深いと言ってたんだと思う」

出稼ぎの労働者だ。遠く青森や秋田から働き口を求めてやって来ている。北のほうの方言は、確かに聞き取りにくい。取り壊しの日に、澄夫も服部のオババの相手をする労務者の言葉を耳にした。

「ニコヨンと話したのか。勇気あるな、イットク」

「いや、思ってるほど怖くはないぞ。薄《うす》ら馬鹿《ばか》の上級生のほうがよっぽど怖い」

おい……と、思わず周囲を見渡した。座席の近くに上級生の耳はなかった。

「――で、深い穴の底から掘り出された死体が、必ずしも埋められたものとは限らないという根拠はなんだ」

イットクが満足げに頷く。すっかり名探偵気取りだ。

「ひとつは、まさにそこが工事中——工事真っ盛りの穴の中だということだ。死体を埋めたのは、それを隠すためだろう。死体を隠す——それはつまり、殺人事件を隠したいわけだ。見つからなければ事件にもならず、犯人は安全でいられる」

「うん」

「それが理由さ。こともあろうに、どうして工事中の穴に死体を埋める？　そんなとこに埋めても、次の日の工事で、すぐに掘り返されてしまう。実際、掘り出されたわけだしな。利口《りこう》な犯人なら、そんな馬鹿はやらない」

澄夫は眉を上げた。

「まてよ。犯人は利口だって決めているのか？　殺人事件のほとんどの犯人は大馬鹿者だぞ。逆に、馬鹿だから人を殺したりするんだ。探偵小説の犯人みたいな悪党は、現実にはほとんどいないじゃないか」

「ほとんどな。だが、皆無じゃない。現実に、帝銀事件のような知能的な殺人事件だってあるわけだし」

「本気で言ってるのか？　頭のいい犯人が服部のオババを殺す？　それは、なんのためだよ」

イットクは大きく息を吸い込み、吐き出した。

「埋められたと断言できない理由のもう一つは、事故の可能性を排除できないということなんだ」

「…………」

澄夫は眉を寄せた。

気がつくと、席を押し退《の》けられた小森と目が合った。それだけでなく、前列の長井《ながい》彬《あきら》も後ろの列の高橋克彦《たかはしかつひこ》も、身を乗り出すようにして澄夫とイットクの話に聞き耳を立てていた。どうやら、トラックで行なわれている退場行進に飽きてしまったのは澄夫たちだけではなかったらしい。

「事故？」

イットクが頷いた。

「建設工事現場は大騒ぎになっていたけど、そこでは誰もが——ということは警察もということになるわけだが——服部のオババが死んだのは事故に因《よ》るものだと考えてるってことだな」

「……何が、どう、事故なんだよ」

「要するに、足を滑らせて穴に転落したってことさ。三メートルか五メートルかそれ以上なのか、正確な数字はわからないけど、受け身の取れない婆さんが落っこちたら、まあ命はない」

「事故で落ちた人間を、穴の底に降りて行って埋めた奴がいるってことなのか？　そいつは誰だよ。なんでそんなことする」

「いやいや」とイットクは首を振った。「オババを埋めた奴がいるわけじゃない。オババは埋められたんじゃなくて、埋まっちゃったってことだ」

「埋まっちゃった――」

「掘り返された穴の縁で、オババは足を踏み外した。あっと思ったときには転がり落ちている。必死になって何かに縋《すが》りつこうとしても、掴《つか》むのは泥だけだ。土の壁が崩れ、地滑りを起こす。穴の底に落ちたオババの上に崩れた土砂が降り注ぐ。婆さんの小さな身体は、完全に泥の下さ。もしかしたら足の一部でも泥から出ていたかもしれないが、それに気付かないまま工事が再開され、パワーショベルがオババを掘り出した――というところかな」

すごーい、とイットクの向こうで小森が声を上げた。

「なにがすごい？」

振り返ったイットクに、小森は首を振る。

「だって、映画みたいですよ。漫画映画の一場面みたいだ」

「漫画映画？　ガキかよ、おまえ」

言われて小森は首を竦めた。

ガキと言うなら、イットクもガキだ。ここにいる全員が中学一年生。おそらくこの中で一番漫画映画が好きなのは、イットク自身だ。

トラックに目をやると、退場行進もだいぶ進んできたようだった。フィールドに並んだ高校生たちの列が、ほぼ半分ぐらいまで減ってきている。

「澄夫は、どう思うんだ」

イットクに水を向けられて、澄夫は、ああ、と頷いた。

先程から頭に浮かんでいた考えをどう伝えるか、その取っ掛かりを探る。

「勿体《もったい》つけんなよ」

焦《じ》れたように言うイットクを、澄夫は笑いながら見返した。

「勿体つけた話は、イットクの専売特許じゃないか」

言うと、前の席で長井が大きく頷きながらクスクスと笑った。

「確かに、事故って可能性は否定できないよ。こういうことは実際に現場を見て、さらに科学的な検査をやったりして、実証しなくちゃいけないものだろうからね。ただ、さっきイットクが利口な犯人もいると言ったことで気がついた」

「おう。なんだ」

「オババの死は事故ではなく、利口な犯人の仕業《しわざ》だとしたら、いったい何が起きたんだろうと考えてみたんだよ」

「うん」

「簡単なことだ。殺人を事故に見せかけることができれば、犯人は安全な位置に身を置けるってことさ。そうすれば、獲物を独り占めできるからね」

「獲物？」

イットクが背筋を伸ばした。

4

視線が澄夫に集まった。なんとなく照れくさい。

「犯人は時間稼ぎをしたかったんだ。オババを殺したのはいいが、死体をそのままにはできない。自分がやったということがバレてしまうし、なによりもなぜ殺したかがわかってしまう」

「…………」

「事件が起こったのは夜だと思う。つまり、昨晩ってことだ。屋敷の解体のときしか、オレは見てないが、思い浮かべてみても、あの工事現場には夜間照明のような設備はなかった。だよな？」

イットクを見返すと、彼は、ふむ、と頷いた。

「夜は作業してないね」盛んに頷きながら両掌を擦り合わせる。イットクのこの仕種《しぐさ》は、彼が興奮している証拠だった。「一応、赤坂の住宅街だからね。お金持ちが集まる一等地だ。夜中に工事なんかやったら、文句を言うのはオババぐらいじゃすまないよ」

「条件的なことを考えても、オババが殺されたのは夜だ。おそらく、前々から計画していたような犯罪じゃないと思う。犯人だって、五分前には、自分が殺人犯になるとは想像もしていなかった筈《はず》だ。でも、事件は起こってしまった。彼の足下には服部のオババの死体が横たわっている。彼が殴り殺した死体だ。どうすればいい？　焦りながらも、犯人は必死で考えた。殺人現場をそのままにして、ただ逃げ出すような馬鹿ではなかったということさ」

「うん」

「彼は周りを見渡した。曾埜田建設新社屋の基礎工事は、まだ始まったばかりだ。ビルディングの基礎ってどう造られるのか、オレは知らないけど、ともかく地下を深く掘っている作業の真っ最中。そこが工事現場だっていうことを利用するしか、逃げ道はない。オババの死を事故に見せかける。それが一番だ」

後ろから聞こえる鼻息に振り返った。高橋が、興奮したように鼻息を荒くしていた。

「婆さんの死体をこのままにしては置けない。現場がここだと知られるのはまずい。かといって、この敷地から運び出したりすれば誰かに見られる危険もある。どこへ移せばいいか……犯人は月明かりの工事現場を見渡した。そして、もっとも自然な場所を見つけたわけだな」

「穴の底か」

呟いたイットクに頷いてみせた。

「犯人はオババを担《かつ》ぎ上げ、穴の際まで運んだ。そこで力一杯死体を下へ投げ落とす。もしかすると、その時はさほど泥が被っているわけでもなく、オババの姿は月に照らされて光っていたかもしれない。それが逆に怖くなって、犯人はわざと穴の縁を壊して地滑りを起こし、死体を隠したのかもしれないな」

「…………」

「もちろん、宿直というか、昨日の夜、現場に残っていた者の名前は、警察が調べればすぐにわかるだろう。犯人が現場小屋に泊まり込んでいたことは隠しようがない。それは仕方がなかった。逆に逃げたりしたら怪しまれてしまう。普通にしていればいいのだ。夜、何か物音を聞かなかったかと、警察に根掘り葉掘り訊かれるかもしれない。〈すみません。ちょっと疲れていて、一杯引っかけて寝てしまったんですよ。物音とか、まるで……はい、すみません〉と答えるのが一番だろう。それが自然だ」

ふむ、とイットクが鼻を鳴らした。

「なるほど。犯人がオババを殺した後は納得できる。ただ、問題なのはその前だ。さっき、澄夫は犯人が獲物を独り占めしたって言ったよな。獲物って、なんだ？」

澄夫は肩を竦《すく》めてみせた。

「事件の原因かな。すべてが起こった発端」

「だから、それはなんだ、と訊いている。おまえの勿体も相当なもんだぞ」

澄夫はイットクに笑いかけた。

「埋蔵金」

え……と、イットクが眼を見開いた。

「曾埜田家に伝わる時価にして数百万円の慶長小判数十枚——いや、それが慶長小判なのかどうか、オレは知らないよ。適当に言ってみただけだ。でも、曾埜田邸のどこかにお宝が隠されているという噂は、前からあったじゃないか」

わあ、すげえ……と、今度は長井が声を上げた。

この数年、《ゴールドラッシュ》と呼ばれるような埋蔵金の発掘騒ぎが、東京周辺で立て続けに起こっている。

オリンピックのお蔭で、今、東京はその全体が工事中のようになってしまった。その中心は交通網だ。

オリンピックの本番まであと一週間と迫った今になっても、まだ計画の一部しか出来上がってはいないが、首都高速道路と呼ばれる高架道路が東京中に張り巡らされることになるのだそうだ。大人たちの話では、そのしっぺ返しで都電がなくなってしまうらしい。

澄夫にしても、それはショックだった。チンチン電車がなくなったら、東京らしさが消えてしまう。皇太子殿下御成婚のときの花電車みたいなものも、もう見られなくなるのだろうか。

工事は道路だけで収まらなかった。東京のあちこちで建築工事が行なわれている。明治時代大正時代からある木造の商店がコンクリートのビルディングに建て替えられる。三階建て四階建ての建物が東京の空を削り取っていく。目の高さから空がなくなるのだ。

いたるところを工事車輛が走り回り、あちこちに櫓《やぐら》のような足場が組まれ続ける。

「君たちは、音を立てて日本が変わっていくのを目撃しているんだ」と、金田先生は言った。でも、変わりゆく先の姿は、霧の向こうに隠れて見えなかった。

八年ほど前、銀座《ぎんざ》六丁目にある小松《こまつ》ストアーの改築現場から埋蔵金が発掘された。発掘は数日間にわたって続き、毎日のように新聞がそれを報道した。発見された小判は二百枚を超え、一分金も五十枚あまりに上った。

去年の夏、今度は日本橋《にほんばし》の日清《につしん》製油の建築現場から時価にして五千万円を超えるという天文学的な数字の埋蔵金が発掘され、今年に入ってからは一月に目黒区の碑文谷《ひもんや》で、三月には深川《ふかがわ》の埋め立て地での小判発掘が世間を騒がせた。

そんな騒ぎが、東京中に連鎖反応のようなものを引き起こしたのだ。根拠などどこにもないのに「では、ウチにも……」と庭や隣接する空き地を掘り始める連中が次々に現われた。新聞が面白がってそれを取り上げる。《ゴールドラッシュ》は、収まりどころを失った。

旧曾埜田邸についても、埋蔵金が隠されているという噂が立った。ただ、澄夫が知る限り、それはデマのようなものに過ぎなかった。噂に踊らされて敷地に忍び込んだりする者も現われなかったし、デマを真に受けて騒ぐ者もいなかった。大人たちは静観していたが、それを面白がって飛びついたのは、男の子たちだった。幽霊屋敷での探検は、宝探しがメインのテーマとなっていたのだ。

「埋蔵金か……」

イットクが唸《うな》るような声を出した。

「静かに！」観客席の前方で引率教師が声を上げげた。「これから、速やかに帰校する。一年A組から三年F組まで順に二列。前の者との間を開けないように、各クラスの担任の指示に従うこと。では、全員、起立！」

全員が立ち上がると、イットクはこそこそと自分の席へ引き揚げて行った。

5

学校へ戻り、校庭での点呼を終えると、澄夫たちはようやく五輪開会式の予行演習から解放された。

正門を出て遅刻坂《ちこくざか》を下る途中で、澄夫は背中を叩かれた。

「冷たいな。待っててくれても罰《バチ》は当たらないと思うけどな」

イットクがニタニタ笑いながら並びかけてきた。

「おう。いや、探したけどどこか行ってたみたいだったからさ。見つからなかったから」

「まあな――ああ、腹減った。コロッケ食わない？」

「カネないよ」

「オレ、持ってるからはんぶんこしようぜ」

言いながら、イットクはポケットから五円玉を取り出した。

赤坂通りに出て、いつもの肉屋に飛び込む。

「おばちゃんコロッケ。半分に切って、ソースたっぷりかけて」

イットクが大声で言った。

「二人で食べるの？　じゃ、二個五円でいいよ。大サービスだ」

「おお、ありがとう。美人なのに、気前もいいんだ」

「バカ言ってんじゃない」

言いながらも、おばちゃんは満面の笑みで、新聞紙に包んだコロッケを一つずつイットクと澄夫に渡してくれた。

熱々のコロッケを頬張りながら、赤坂通りをゆっくりと歩く。

「埋蔵金は気がつかなかった」

イットクが言い、澄夫は首を振った。

「考え方が安易だったよ」

「なんだ……撤回するのか？」

「埋蔵金を巡っての殺人なんてさ、甘すぎるよ。派手だけどな」

「たしかに衝撃的だ」

「でも、よく考えると推理が穴だらけだ。服部のオババが掘り出した埋蔵金を工事現場の宿直が横取りするって、陳腐だよな。そもそも、オババがどうして埋蔵金の在処《ありか》を探り当てたか、まるで輪が閉じてないしね」

「ああ、そこは推理しきれてなかったのか」

「予行演習の空気に呑まれちゃったのかもしれない。五輪を描いても、輪っか一つ外れてたってことかな」

イットクは油の染みだらけになった新聞紙をクシャッと手の中で丸めた。ぐるりと周囲を見回し、屑籠《くずかご》がないことを確認すると、道路脇に駐めてあった自転車のカゴに投げ入れた。

「澄夫、オレ、もしかしたらその輪っか嵌《は》め込めたかもしれない」

「…………」

イットクに目を返した。

「見えたのか？　事件の形」

イットクは、小さく頷いた。

コロッケを食べ終えた新聞紙を、澄夫は小さく折り畳んだ。それをそのままポケットへ仕舞った。

「さっき、終礼の後、オレいなかったじゃないか」

「ああ……見つけられなかった」

「篠塚《しのづか》の姉貴に話訊きに行ってたんだよ」

「篠塚？」

「C組の」

「ああ、あいつか。親が宝石屋か何かだったよな。すごい金持ちだって。ええと、姉貴？」

「篠塚響子《きょうこ》。三年生」

澄夫は眼を丸くしてイットクを見返した。

「三年の女子に……会いに行ったの？」

イットクは、へへへ、と照れたような笑いを返してきた。

「けっこう綺麗《きれい》でさ、鰐淵晴子《わにぶちはるこ》にちょっと似た感じというか」

「イットク、おまえ冗談だろ。どうしてそんなことできるんだよ」

「いや、べつにそういうんじゃない」

「鰐淵晴子って、あれ外人混ざってるんだぜ、たしか」

「似た感じがあるってだけだ。そっくりなわけじゃない」

「好きなのか、その篠塚の姉貴」

「だから、そういうんじゃないって。ただ、話を訊きに行っただけなんだから」

澄夫はイットクを凝視した。睨《にら》みつけたような感じになっていたかもしれない。なんだか、わけもわからずに焦っていた。

「どんな話を訊いたんだ」

「篠塚の家って、服部のオババの家の隣にあるんだ」

「……なんだ？」

「隣に住んでれば、オババのことも何か知ってるんじゃないかって思ったからさ」

「つまり、その……事件の形が見えるような話が聞けたと、そういうことか」

「見えたかもしれない、ってことだけどな」

「聞かせてくれ」

澄夫たちの横を、酒屋のオート三輪が追い越していった。ほんの少し涼しくなってきた。頬に当たる風が心地良い。

「これは、篠塚の姉貴だけの見聞じゃなくて、お母さんとか、女中なんかの話も入ってる」

「うん」

勿体《もったい》ぶったイットクの言葉に、澄夫は頷いた。

「服部のオババは独り暮らしだってことは話したよな」

「聞いた。何年か前までは娘と暮らしていたって」

「義理の娘だ。息子の嫁だそうだ。その息子っていうのは海軍の将校か何か偉い人だったみたいだが、ボルネオで戦死して帰ってこなかったんだな。終戦後はオババとその義理の娘の二人で暮らしていた。ただ、この二人、手がつけられないほど仲が悪くて、篠塚の家の女中も何度か喧嘩の仲裁に入ったことがあるらしい」

「掴み合いの大喧嘩って、言ってたな」

「そう、傍目《はため》で見てもひどいもんだったそうだ。ところが、七年前のある日を境にして、その喧嘩がぱったりと聞こえなくなった。なんとなく不思議に思って、女中が様子を見に行った。すると、娘は出て行きましたよ、とオババは突《つ》っ慳貪《けんどん》に返してきたそうだ。息子の位牌《いはい》を盗んで行ったと、嚙みつかれそうな剣幕で、女中は逃げ帰ってきたらしい」

「へえ」

「ただ、義理の娘は、多少なりとも近所づきあいのあった隣にも、まるで挨拶なくいきなり家出をしたってことだ。旅行鞄を持った娘の姿を見たものも、いない」

ふう、と澄夫は息を吐き出した。

「なるほどね。そういうことか」

「見えただろ、澄夫にも」

澄夫は、ゆっくりと頷いた。緩《ゆる》い坂を上り、二人は氷川神社の参道に足を向けた。

三十三段の石段は登らず、その脇から崖下に出る。ゴツゴツした岩に腰を下ろして、澄夫はまた溜息を吐《つ》いた。

「オババは義理の娘を殺してしまったんだな」

言うと、イットクが頷いた。

「どんな喧嘩だったのか、それはわからない。殺すつもりがあったのか、喧嘩の行き過ぎが悲劇を招いたのか」

「とにかく、義理の娘が死んでしまった」

「さすがのオババも慌てるよな」

「救急車を呼ぼうとして、ふとダイヤルする指が止まる。突然、恐怖に襲われる」

「その晩か、次の日の夜か、もっと先か、オババはやっと覚悟を決める」

「でも、婆さんに死体を運ばせるのは無理だな」

「台車か何かがあったのかもしれない。あるいは、そのために雑貨屋で台車やスコップや必要なものを取りそろえたのかもしれない」

「その夜、オババは義理の娘の死体を台車に載せて、転坂を挟んだ向かいの空き地へ運ぶ。幽霊屋敷の裏手に必死で穴を掘り、そこへ義理の娘を埋葬する」

「せめてもの謝罪だったのか、息子の位牌を嫁の胸元へ置き、オババは土を埋め戻した」

「そして、それから七年が過ぎた」

「曾埜田建設の新社屋が建設されることになって、オババにまた悪夢が訪れる。屋敷が取り壊され、土を掘り返されたら、義理の娘の死体が発見されてしまう」

「なによりまずいのは、息子の位牌を一緒に埋めたことだ」

「工事がうるさいと、文句を言ってみたが、当然取り合って貰えず、オババは追っ払われてしまう。否応なく、日に日に工事は進む」

「仕方なく、オババは夜の工事現場に足を踏み入れた」

「だが、その現場にはすでに幽霊屋敷など影も形もない」

「いったいどこに埋めたのか？　目印もなく、その位置さえわからなくなってしまった」

「あちこちの地面をスコップで掘り返してみるが、まるで手懸かりはない」

「途方に暮れて、オババは屋敷が建っていたあたりの周囲を歩き回る」

「そして、何かに足を取られるようにしてオババはそこへ倒れ込む」

「ところが、倒れたところには地面がなかった。そこは、深い穴の縁だったのだ」

岩に腰を下ろしたまま、澄夫とイットクは、しばらくそこを動かなかった。

6

氷川神社を出て、二人は転坂へ向かった。

急勾配の坂を、ゆっくりと上る。坂を上りきったあたりで、イットクが顎を突き出した。

「そこだよ」

澄夫は顔を上げ、イットクの視線を辿《たど》って前方の家を見た。

「篠塚の家。その向こうが服部のオババの家」

「…………」

澄夫は深呼吸をしてみた。胸がつまったようになっている。この自分の気持ちがよくわからなかった。何に対しての気持ちなのかも判然としない。

その時、家の向こうの塀《へい》を回って、老婆が転坂に現われた。

服部のオババだった——。手には竹箒《たけぼうき》と塵取《ちりと》りを持っている。イットクに気づいて、オババが笑顔を作った。

「あら、お帰んなさい。土曜なのにこんな時間？　クラブだったの？」

イットクは帽子を取った。

「オリンピックの開会式の予行演習があったんです。国立競技場に行って来ました」

「あら、そうなの。競技場……もうオリンピックなのね」

オババの背後の木戸が開いて、中年のおばさんが現われた。

「お義母《かあ》さん、朝倉《あさくら》さんから電話。あとは、あたしがやりますよ」

言いながら、おばさんはオババの手から竹箒と塵取りを受け取った。オババはイットクと澄夫に会釈をして、そのまま木戸から家へ入っていった。

おばさんに挨拶をし、澄夫とイットクは再び歩き始めた。イットクの家はここで右折だが、二人とも真っ直ぐに歩いた。工事中の曾埜田建設用地を過ぎ、その先の氷川公園へ向かう。申し合わせたわけではないが、二人はそのまま公園に足を踏み入れた。土曜日の夕方、公園には子供の姿が多かった。澄夫とイットクは空《あ》いているベンチを見つけて、そこへ腰を下ろした。

「あのおばさんが……？」

訊くと、イットクは頷いた。

「オババの義理の娘」

しばらく、二人とも黙っていた。澄夫のほうが先に限界が来た。

「あのさあ、どうってことないのかもしれないけど」

「うん」

「実在の人を殺しちゃったりするのって、やっぱ、どうなのかな」

隣でイットクが小さく笑った。

「イメージがはっきりするんだよね。登場人物が鮮明になるというか。リアリティ？頭の中だけで組み立てちゃうと、なんか、こう、嘘くさくってさ。そうじゃない？」

「たしかにモデルを決めると違うんだよな。そうなんだけど、さっきまで小説の話をしてて、それがいきなりモデル本人に会ったりすると、混乱しちゃうんだよ」

「うん。オレも、さっきはオババに会ってドギマギしちゃったけどな」

イットクよりも、オレは気が小さいんだ——澄夫は自分に首を振った。

「で、気になってることがあんだけど」

「なに」

「篠塚の姉貴って、ほんとに会って話したの？」

イヒー、と、イットクは妙な声を上げた。

「話してないよ。たまに遠くから見たりしてるだけ」

「ということは、ほんとに綺麗なんだな。鰐淵晴子みたいに」

「あそこまではいかないさ。でも、なんとなく似てるとこがあって」

「やっぱり、好きなんだな」

イットクは頭を掻いた。

「いや、だから、そういうんじゃないんだって」

澄夫は吹き出した。

「てめえ、殴るぞ」

「おお、こわ」

言うと、イットクは「くそお」と顔をひん曲げた。

なんとなくニタニタしながら、二人はベンチに座っていた。

「あのさ」

イットクの言葉に何かを感じて、澄夫は彼を見返した。

「来年の江戸川乱歩賞、応募してみないか」

「…………」

イットクも澄夫を睨みつけるように見つめている。

「何を書くんだ。旧曾埜田邸の殺人？」

「まだ取っ掛かりしかできてないけど、鍛錬《たんれん》すればもっと良くなるんじゃないか」

「でも、中学一年生が書いた小説なんて、相手にされないよ」

「今年の乱歩賞の決定記事を本屋で立ち読みしたんだ。西東登《さいとうのぼる》って人の『蟻の木の下で』って小説。すごいのはさ、審査員が何人かいるんだけど、その一人が江戸川乱歩なんだ」

「――――」

それはもちろん、とんでもなくすごい話だった。

自分が書いた小説を、江戸川乱歩が読んでくれる。

「どう？」

つい、顔を顰めた。

「わかんないよ。二人の連名で応募するの？」

「連名は、どうかなあ。エラリー・クイーンみたいに一つのペンネームで書いたほうが、読むほうも覚えやすいんじゃないかな」

「どんなペンネーム？」

「ええと、例えば、オレとおまえで苗字を入れ替えるとかさ。陸谷《おかや》澄夫《すみお》とか、縞脇一徳《しまわきかずのり》とか。ああ、頭の一文字ずつ取って、陸縞《おかじま》、もいいか。読みにくいかな。簡単な字にして、岡嶋とか。二人で書いているんだから、岡嶋二人ってどうだ？」

「ふざけすぎてるよ。そんなペンネーム、見ただけで落とされるぜ、絶対」

「そうか、それもそうだな……」と、イットクはまた頭を掻いた。

「なあ、今度、篠塚の姉貴を紹介してくれないか？」

「だめだ」と即答が返ってきた。

「だって、おまえはそういうんじゃないんだろ？　だったら――」

「だめだ」

澄夫は、思わず吹き出した。

色づいた欅《けやき》の葉が足下に舞い降りて、澄夫は頭に浮かんだ童謡を意味もなく口遊《くちずさ》む。

〽てるてる坊主《ぼうず》、てる坊主《ぼうず》、あした天気にしておくれ――

アリバイ

今野 敏

1

「無期懲役が、控訴審で一転して無罪判決……？」

本田嘉彦《ほんだよしひこ》は、思わず聞き返していた。

同行していたカメラマンの高橋優一《たかはしゆういち》も一瞬、手を止めていた。

本田は、文化部の記者だ。二〇二〇年東京オリンピックに向けて、世論を盛り上げていこうと、何期かに分けて特集記事を組むことになった。

第一期の締め切りが今月末にある。本田は、取材の一環で、一九六四年の東京オリンピックをよく知っている先輩記者に話を聞きに来ていた。

相手は、加賀英助《かがえいすけ》。今年七十五歳の大先輩だ。主に社会部で活躍した記者で、社会部長をつとめたこともある。

退職後は、再就職することもなく、年金と働いていた頃の蓄《たくわ》えで、つつましく暮らしているのだという。

幸い親が残してくれた一軒家があり、相続税は痛かったが、今では悠々自適といったところらしい。

本田が、何か東京オリンピックで覚えていることはないかと尋ねると、加賀は、いろいろと思い出話をしてくれた。

「開会式の日本選手団の赤と白のユニフォームは、今でも忘れない。その後、多くのオリンピックの選手入場を見てきたが、あのときのユニフォームほど、日本人としての誇りを感じたことはなかったな……」

「選手団のユニフォームですか」

「それと、何と言っても、東洋の魔女だな」

「女子バレーボールですね」

「そう。決勝戦の相手は、当時のソ連だ。互いに四戦無敗同士。日本の女子バレーボールチームは、実は、東京オリンピックの二年前の、世界選手権で、ソ連を破り世界一になっているんだ。だから、金メダル以外許されない雰囲気だった。その国民の期待どおり、きっちりと金メダルを取った」

さらに加賀の思い出話が続く。

「裸足《はだし》の哲人と言われたアベベも忘れられない。ローマ大会では裸足で走ったエチオピアのアベベは、東京大会ではちゃんと靴をはいて走った。そして金メダルを獲得した。マラソンといえば、伏兵の円谷《つぶらや》の力走も忘れられないな。体操女子のチャスラフスカも美しかった……」

こうした話が一段落して、ふと眉《まゆ》をひそめた加賀が言った。

「オリンピックの開会式と言えば、妙な事件があった」

「妙な事件……？」

「いや、事件そのものは、それほど珍しいものではない。強盗殺人事件だ。奇妙なのは、その裁判の経緯なんだ」

「どういうふうに奇妙だったんです？」

「一審では、検察の死刑の求刑に対して、無期懲役の判決が下った。弁護側が控訴した。そして、その半年後に下された控訴審の判決は、なんと一転して無罪だった」

そこで、本田は、「無期懲役が、控訴審で一転して無罪判決……？」と聞き返したのだった。

加賀はうなずいて言った。

「そして、検察側は上告せず、無罪判決が確定してしまった」

「真犯人は捕まったのですか？」

「いや。知ってのとおり、当時は人を死なせた罪でも時効があったので、犯人が捕まらないまま公訴時効を迎えた」

「でも、一審で有罪、控訴審で無罪という事例はいくらでもありますよね」

「そうだな……。だが、真犯人は、おそらく上田繁《うえだしげる》だった」

「それが被告の名前ですか？」

「そうだ」

「それが、どうして無罪になったのでしょう」

「真犯人の上田繁と、被告の上田繁は別人。それが弁護側の主張であり、裁判官がそれを認めた、ということなのだろう」

本田は戸惑《とまど》った。加賀が何を言っているのかわからない。年齢のせいで、加賀自身が混乱しているのだろうか。そんな疑いを抱いたが、それまでの加賀におかしなところはまったく見られなかった。

いや、今現在も、加賀の言動に妙なところはない。ただ、話の内容がよく理解できないだけだ。

本田は言った。

「あの……。おっしゃることがよくわからないのですが……。真犯人の上田繁と、被告の上田繁が別人……。それはいったい、どういうことなのでしょう。そして、それが東京オリンピックとどういう関係があるのですか?」

加賀は、大きく深呼吸をしてから言った。

「これは、実際にあった話だ。私は、見聞きしたことを、そのまま話す。君がそれを信じるかどうかは、君次第だ」

加賀はそう前置きして話しだした。

2

一九六四年当時、加賀は二十四歳の新人記者だった。大学を出てまだ二年しか経っておらず、社会部記者としての経験はまったくとぼしい。だが、情熱だけはあった。当時の社会部記者たち、いわゆる事件記者たちは、一癖も二癖もあるような連中ばかりだった。

その猛者《もさ》たちに、なんとかついていこうと、加賀は毎日必死だった。

事件が起きたのは、一九六四年十月十日のことだ。

記者たちは、社内にあるテレビに見入っていた。東京オリンピックの開会式の模様が放映されていた。その開会式が終了した。

これから始まるオリンピックに、加賀も興奮していた。過去の大会とは明らかに違う。今回の大会は、今加賀がいる東京で開かれているのだ。

開会式の放映が終了し、記者たちがテレビの前から離れていった。そのとき、電話が鳴った。

キャップから指示が飛ぶ。

「江戸川《えどがわ》区小岩《こいわ》のアパートで、人が死んでいるという通報があったらしい。強盗殺人と見られている。すぐに行ってくれ」

ベテラン記者とカメラマンがすぐに立ち上がる。

キャップが言った。

「加賀、おまえも行け」

「はい」

加賀は、ベテラン記者とカメラマンのあとを追った。

外に出ると、カメラマンが空を仰いで言った。

「あ、五輪だ……」

開会式で、航空自衛隊ブルーインパルスが空に描いたスモークの五つ輪だ。時間が経ち、すでに形が崩れてきているが、見事な五輪だった。

ハイヤーで現場にやってきた。すでに警察官によって現場は封鎖されていた。ベテラン記者は、両手を広げて行く手を遮《さえぎ》っている制服警官に、なんとかもう少し近づけないかと交渉している。

無理を承知で言っているのだ。警察官は、お座なりの対応をする。加賀は、犯行現場である木造アパートの様子を、覗《のぞ》き込むようにして見ていた。

トイレ、台所が共同のよくあるタイプのアパートのようだ。二階の手前から二番目の部屋が現場のようだ。何人もの人影が窓からちらちらと見えている。鑑識が作業をしているのだろう。

建物から出て来た背広にステンカラーコート、ハンチング帽という、いかにも刑事といった服装の男に、ベテラン記者が声をかけた。

「シマさん、強殺《ゴウサツ》かい？」

シマさんと呼ばれた男は、ベテラン記者のほうを向いて言った。

「記者発表を待ちなよ。俺は何もしゃべれないよ」

彼はすぐにアパートの中に戻っていった。

加賀は尋ねた。

「刑事ですか？」

「ああ、警視庁本部の島崎《しまざき》だ。もうじき、刑事たちが地取りのために出てくる。おまえ、あの島崎に張り付け」

「わかりました」

ベテラン記者が言うとおり、しばらくすると、アパートから刑事たちが出てきた。島崎も聞き込みに出かける。若い捜査員と二人組だ。

加賀は、駆け寄って新聞社名と氏名を名乗った。

島崎もその相棒も何も言わない。加賀などいないかのように振る舞っている。加賀は、ひるまず尋ねた。

「強盗殺人ですか？　ホシ割れはしてるんですか？」

島崎が独り言のように言った。

「オリンピックの中継を楽しみにしていたんだけどな……。こんなときにコロシかよ……」

加賀は食らいついた。

「殺人なんですね？」

「あんなアパートに盗みに入ったって、金なんかねえだろうにな……」

「盗み目的だったんですね？」

それきり、島崎は口を閉ざした。

加賀は、礼を言ってベテラン記者のもとに戻り、今の話を報告した。ベテラン記者は、にっと笑って言った。

「さすがシマさんだ。武士の情けを知っている。よし、社に戻るぞ」

被害者は、村木寛《むらきひろし》、二十八歳。建築作業員だ。部屋を物色した跡があり、さらに財布がなくなっていることから、盗み目的の犯行と見られていた。

同じアパートに住む上田繁を参考人として、行方《ゆくえ》を追っているという発表があった。それを受けてキャップが言った。

「ホシ割れと見ていいな。その上田繁が本ボシと見て間違いない。こっちも、独自に行方を追うぞ」

身柄確保の瞬間を写真に捉えられれば特ダネとなる。社会部の記者たちは、捜査員に負けまいと聞き込みを開始した。

しかし、なかなか警察の捜査能力を凌駕《りょうが》することはできない。十月十二日月曜日、上田繁の身柄が確保されたとの知らせが入った。

場所は、犯行現場近くの路上だった。張り込んでいた捜査員の前に、上田が姿を見せたのだという。

人々は、オリンピックの放映に釘付けだった。新聞の紙面もオリンピックの話題で、ほとんど埋め尽くされている。

上田逮捕の記事は、ごく小さく、社会面に載っただけで、世間の注目を集めることはなかった。

加賀も、上田の強盗殺人事件を忘れかけていた。起訴から一ヵ月ほど経ったある日、公判で上田に無期懲役の判決が下ったと聞いて、ああ、あの事件かと思い出した。

東京オリンピックが閉幕し、国内には祭りの後のような虚脱感が漂っていた。

上田は、一貫して犯行を否定しているという。だが、判決が覆《くつがえ》ることはないだろうと、加賀は思っていた。

捜査の経緯を見ても、上田の犯行は明らかだ。過去に犯罪歴がないことから、無期懲役という判決は妥当だと思った。

しかし、それからほぼ半年後のことだ。

信じられないことが起きた。高等裁判所の控訴審で、上田繁の無罪判決が出たというのだ。

いったい、何があったのだろう。

事件の端緒に触れていただけに、加賀は興味を覚えた。

無期懲役が一転して無罪だ。こういう場合、当然検察側は上告して最高裁で争う。

だが、不思議なことに、上告はなかった。

上田の無罪が確定したのだ。

ちょっと調べてみよう。加賀はそう思い、事件の周辺にいた人々に取材を申し込んだ。無罪判決を勝ち取った被告の側の人々は、取材に応じてくれるだろうと思っていた。

だが、この件に関しては、誰もが口が重かった。何か秘密めいた雰囲気がある。加賀はますます興味を覚えて、粘《ねば》り強く取材を続けた。

ついに、担当弁護士が面会を承諾してくれた。

弁護士の名前は、蔵田章二《くらたしょうじ》。五十歳前後で白髪が目立つ。事務所を訪ねると、蔵田弁護士は、「あまり時間がないのですが」と言いながら、加賀を依頼者用と思われる革張りのソファに案内した。

「まず、先に申し上げておきますが、職業上、秘密にすることを義務づけられている事柄が多くあります」

加賀はうなずいて言った。

「差し障りのない範囲でかまいません。上田被告が無罪となった、一番大きな理由は何ですか？」

「裁判で、上田繁さんが犯人であるという充分な証明ができなかったからです」

「しかし、第一審公判では、無期懲役の判決が出ました」

「それが、誤った判断に基づく判決だと思ったので、私は強く控訴することを、上田さんにおすすめしました」

「蔵田さんは、最初から上田さんを担当されたわけではないということですね」

「そうです。最初は、国選弁護人が担当していました。決してその弁護士が優秀でなかったとか、熱心でなかったとか言うわけではありません」

「では、どうして蔵田さんが名乗り出られたのですか？」

「当初担当されていた弁護士が知らないことを、私が知っていたからです」

「それは、どのようなことですか？」

「たぶん、それをお話ししても、あなたは理解しようとはなさらないでしょう」

加賀は、眉をひそめた。

「それは、どういうことでしょう。高等裁判所の判事が理解できたから、無罪になったのですよね？　それが私に理解できないはずがありません」

「判事は、理解したわけではないかもしれません。ここが見識なのですが、理解できないからといって、有罪と断ずるわけにはいかないのです。理解できないものは、判断保留にしなければなりません。つまり、罪の判断も保留となるわけです」

「おっしゃっていることが、ますますわかりません。いったい、どういうことなのですか？」

蔵田は、しばらく考えた後に言った。

「私は、当初上田さんを担当していた国選弁護人から、上田さんが証言したという一言を聞いたのです。それで、弁護しなければならないと腹をくりました」

「その一言というのは……」

蔵田は、また間を置いた。話すべきか迷っているようだ。やがて、彼は覚悟を決めるように顔を上げて言った。

「空に描かれた五輪の輪は、四つしかなかった。上田さんは、そう言ったのです」

ますます話がわからなくなってきた。

「五輪の輪が四つ……。それはどういうことです？ 私も当日、空を見ました。はっきりと覚えています。空自ブルーインパルスが空に描いた輪はたしかに五つありました」

蔵田は言った。

「それは、あなたの世界での話です。上田の世界では輪は四つだったのです」

「わかりやすく説明してください」

蔵田は説明を始めた。それを聞いても、まったく現実感がなかった。ただ、理解できないことを、ばかばかしいと捨て去ることだけはしたくなかった。

加賀は、蔵田が話したことについて、自分なりにいろいろと調べてみることにした。

3

本田は加賀に質問した。

「五輪の輪のはずが、四つ……。実際はどうだったんですか？」

「私が見た輪は、間違いなく五つそろっていた。空自のブルーインパルスは、本番までに百回以上予行演習をしていたが、一度も成功したことがなかったそうだ。でも、本番では見事成功した。ブルーインパルスというのは、たいしたものだ」

本田は、混乱した。

「それなのに、上田被告は輪が四つしかなかったと証言したのですね？　そして、それが無罪判決の根拠となった……」

「根拠というか、きっかけになったわけだ」

「わかりません。そんないい加減な証言で、無罪判決になるなんて……。上田被告の精神状態が問題になったとか……」

加賀がかぶりを振った。

「精神状態については、まったく取り沙汰されなかった」

「では、なぜ……」

「もし、上田被告が本当に空に輪が四つしかないのを見たのだとしたら、上田被告の罪を問うことはできなくなる」

「どうしてです？」

「被告が犯行現場にいなかったことが明らかだからだ」

「それがアリバイとなる、ということですか？」

「そう。決定的なアリバイだと、蔵田弁護士は主張したと言っていた」

「どうして、その証言がアリバイになるのか、自分には理解できないのですが……」

加賀が笑った。

「私にも理解できなかったよ。だが、この世の出来事は、理解できるものばかりではない」

「蔵田弁護士は、どういうふうに説明したのですか？」

「私たちの世界の空の輪は五つだった。だが、上田被告の世界では、四つだった。そう言った」

「それは……」

本田は、戸惑いながら尋ねた。「加賀さんと、上田被告は別の世界の住人だということですか？」

「そうだと、蔵田弁護士は言った」

「つまり、パラレルワールドとか、そういう類《たぐい》の話ですか？」

「パラレルワールドを知っているのかね？　それなら話は早い」

「いや、知っているというより、ＳＦのドラマや映画の定番ですからね。私たちの世界と似たような世界が別にある、という話でしょう？　でも、そんなの現実的じゃないですよ」

「どうして、そう言えるんだね？」

「だって、ばかばかしいじゃないですか」

加賀が穏やかに言った。

「長年記者をやってきたので、先輩面《づら》をして一つだけ言わせてもらう」

本田は思わず、居ずまいを正した。

「はい……」

「ばかばかしいとか、くだらないとか言うのは、常識にしばられている証拠だ。それでは、いい記事は書けない。記者は、他人と違う目線、違う切り口を持っていなければならない。そのためには、常識を捨てることだ」

「はい」

「まあ、だが、気持ちはわかるよ。私も蔵田弁護士の説明を聞いたときに、同じようなことを思った」

「それで、加賀さんはどうされたんです？」

「まず、パラレルワールドそのものを調べてみようと思った。そういうことに詳しそうな人に話を聞いて回った。大半の人は、そんなものは空想の産物だと言った。現実にはあり得ないことだ、と……」

「大半の人は……？」

「そう。だが、本当にそういうことに詳しい人は、否定しなかった」

「本当にそういうことに詳しい人とは、どういう人なんですか」

「理論物理学者とか、宇宙物理学者とか、量子物理学者とか……。宇宙というものを突き詰めて考えている人たちは、パラレルワールドを否定しなかったんだ。そこで、私は気づいた。パラレルワールドを、ばかばかしいとかくだらないと言っている人たちは、実は、そのことについてよく考えたり調べたりしていない人たちだってね」

「たしかに自分も、そういう事柄についてちゃんと調べたことはありませんでしたね……」

「理論物理学者たちが、パラレルワールドを否定しない論拠として、アインシュタインの方程式の解の一つがあるんだそうだ」

「カイ……？」

「そう。アインシュタインの方程式には、いくつかの厳密解があり、その発見者の名前がついている。例えば、シュワルツシルト解とか、カー解といったものだ。この二つの解は、ブラックホールの形状や状態を表していると言われている」

「はあ……」

本田には、ちんぷんかんぷんだった。ただ、物理学の世界にはそのようなものがあるのだな、と思うしかなかった。

加賀の説明が続いた。

「それらの一つにNUT解がある」

「ナット解……？」

「そう。その説明は、実に私にとって刺激的なものだった」

4

加賀は、何人かの物理学者を訪ねて、宇宙の本当の姿を知るには、天文学者ではなく理論物理学の専門家の話を聞く必要があるということを知った。

そして、ある国立大学の教授を紹介された。当時、理論物理学では国内で最先端を行くといわれていた学者だ。

その人の名は、谷英一郎《たにえいいちろう》。年齢はまだ四十代だが、これまで会った学者の中で、最も知的な印象があった。静かな語り口は、思慮深さを感じさせる。

アインシュタインの方程式と、宇宙の関わりをひとしきり説明された後、NUT解の話になった。

「この解は、去年発表されたばかりなんです」

加賀は確認した。

「つまり、一九六三年に発表されたということですね」

「そうです。それを導き出した三人の学者の頭文字がN、U、Tなんです。ニューマンのN、アンティのU、タンブリーノのT。NUTは、英語でばかばかしいという意味があります。この解を導き出した三人は、その名のとおり、ばかばかしい解であり、何かの間違いだと、しばらくほったらかしにしていたらしいです」

「間違いではなかったのですか?」

「間違いどころか、実に画期的な解だということがわかってきたのです」

「どのような解なのですか?」

「高次元での螺旋形《らせんけい》を表す解です」

「えーと、それはどういうことですか?」

「簡単に言うとこの解は、一回りすると、別の宇宙に行ってしまうことを意味しているのです。つまり、歴史上初めて、パラレルワールドを予見した解なのです」

「パラレルワールドを予見……」

「しかも、別の宇宙が無限に連なっていることを示しています」

「別の宇宙が無限にあるということですか？」

「そう考えることができます。NUT解を明確に否定できる論拠はありませんから、無限のパラレルワールドはあり得るということになります」

「ちょっと考えられないのですが……」

「別の宇宙でも、そう言っているあなたがいるのでしょうね。あるいは、別宇宙では、完璧にNUT解を理解しているあなたがいるかもしれません」

「別の宇宙と私たちがいる宇宙では、起きていることが違うのですか？」

「ごく似ている宇宙がある一方で、まったく異なった宇宙もあると解釈されています。つまり、我々の宇宙とほんの少ししか違わない宇宙もあり、また地球に生物が生まれなかったような宇宙もあり得るということです。あるいは、太陽系すら誕生しなかった宇宙もあるでしょう」

「あの……、隣の宇宙からこっちの宇宙に移動しちゃうことって、あるんでしょうか？」

谷教授は、しばらく考えてからこたえた。

「あり得ないとは言えないでしょう。少し昔の物理学ならそれを否定したかもしれません。しかし、量子物理学の発達が、そういう物事の可能性を認めさせるようになったのです。つまり、量子力学的なゆらぎによって、多くの事柄を可能だと考えられるようになりました。宇宙の始まりがどのようなものか、ご存じですか？」

「さあ……」

「今はビッグバンモデルが論争の的となっています。宇宙が爆発から始まったとする説です。それまでは、無の世界です。何もない世界なのです」

「何もないというのが、まったく思い描くことができません」

「多くの学者も同じでした。ところが、量子力学によって、無と有の中間というゆらぎの状態が考えられるようになりました」

「はあ……。それだとなんとなく理解できるような気がします」

あくまでもそんな気がするだけだが、そのときの加賀にとってはそれで充分だった。物理学を完全に理解する必要などないのだ。

谷教授はさらに言った。

「量子力学のゆらぎを考えれば、違う宇宙の間を行き来するような現象もあり得ると言えます」

「ほう、なるほど……」

「宇宙は言い換えれば時空です。つまり無限の異なる時空が存在しているのです。すべての時空が等しい関係にあるわけですが、実は、隣り合った時空とは、親和性が高いのではないかと、私は考えています」

「親和性ですか……」

「NUT解は、螺旋階段を上るようなものです。次の階に別の宇宙があるわけです。その次の宇宙は、私たちの宇宙とよく似ていて、親和性が高く、他の宇宙より行き来しやすいのではないかと思います」

「その次の時空では、やはり東京オリンピックが開かれたのでしょうね」

谷教授はほほえんだ。

「そうですね。我々の時空と、それくらいよく似ているはずです」

彼の話を聞いているうちに、加賀はあることが頭に浮かんでいた。

「親和性が高い時空とは、行き来がしやすいとおっしゃいましたね。では、実際に行き来した人がいるとお考えですか？」

谷は、ちょっと驚いたように加賀を見た。

「そのような人がいても、私は否定はできないでしょうね」

「別の時空から来たという人と、実際にお会いになったことはありますか？」

谷は、しばらく無言で加賀を見つめていた。どうこたえようか迷っているのかもしれない。やがて、彼はこたえた。

「そう主張する人と会ったことはあります」

「いつのことですか？」

「そうですね……。オリンピックが終わってしばらくしてからだったと思います」

「弁護士の蔵田さんですね？」

「ほう。新聞記者というのは、たいしたものですね。どんなことでもご存じのようだ」

「いえ」

加賀は言った。「行き着く先は、たいてい同じだ、というだけのことです」

加賀は、大学をあとにすると、蔵田弁護士の事務所に向かった。

蔵田は驚いた顔で加賀を迎えた。

「どうしたのです？」

「あなたもご覧になったのですね？」

「何のことです？」

「オリンピックの開会式。空に描かれた四つの輪を」

蔵田は、助手や庶務の女性をちらりと見て言った。

「こちらへどうぞ……」

前回訪問したときと同様に、革張りのソファに案内された。テーブルを挟み、向かい合って腰を下ろすと、蔵田が言った。

「いったい、何をおっしゃっているのでしょう……」

「今しがた、谷教授からNUT解についてのお話をうかがってきたところです」

谷教授と聞いて、蔵田は小さく溜め息をついた。

「そうですか。谷教授にお会いになりましたか……」

加賀は質問を繰り返した。

「四つの輪をご覧になったのですね」

蔵田は、覚悟を決めたような表情で言った。

「見ました」

「それは、私たちが見た五つの輪とは別のものだったのですね？」

「厳密に別のものと言っていいかどうかはわかりません。正確に言うと、別の時空にあった同じものなのでしょう」

「そして、上田被告が見たのも、あなたが見た四つの輪だったというわけですね」

蔵田は、話しはじめた。

「輪が四つだったのは、ほんの短時間のことです。ブルーインパルスの一機のスモークが故障したらしく輪ができなかった。すると、すぐに予備機が飛来して、輪を一つ足していったのです。すばらしい手際でした。それで輪は五つになったのですが、最初の瞬間、輪はたしかに四つだったのです」

「それは、あなたがたの時空での出来事ですね」

「そのようです。私は、最初自分にそのようなことが起きているのに気づきませんでした。上田さんが、空に描かれた輪が四つだったと言っていることと、それに対する周囲の人々の反応から、何か変だと気づき、やがて、もしかしたら自分は別の世界に移動したのではないかと考えるようになりました。そんなことが実際にあり得るのか、いろいろな人に話を聞くうちに、谷教授のことを知り、会いにいきました」

「本当に、別の時空から移動してこられたのですね？」

蔵田は肩をすくめた。

「そうとしか考えられません。まあ、仕事も家庭も、元の世界とそれほど違っているわけではないので、私は事実を受け容れて仕事と生活を続けていくことにしました」

「上田被告は、強盗殺人事件が起きたとき、別の時空にいた。つまり、アリバイがあるというわけですね」

「少なくとも、こちらの時空で罪を犯していないことだけは確かです」

「しかし……。よく判事が納得しましたね。私が判事なら、とても被告が別の時空にいた、なんて話を信じなかったでしょう」

「検察側が、パラレルワールドを否定する論拠を示せなかったのです。当然ですよね。アインシュタインの方程式の厳密解を否定する論拠を示さなければならないのです。それはほぼ不可能でしょう」

「でも、刑事裁判でそれが通用するとは……」

「判事は、疑わしきは罰せずという刑事裁判の基本を守ってくれたわけです。つまり、上田さんのアリバイを認めたわけではないが、それを否定する論拠も認められない。つまり、無罪の推定です」

「検察は上告しませんでしたね」

「自白の強要等、いくつかの違法捜査を私が指摘したからでしょう」

「それにしても、本当にそんなことがあるなんて……」

「もしかしたら、あなただって、知らないうちに時空をジャンプしているかもしれませんよ。ある日を境に、自分の身の回りがなんだか変わってしまったと感じたことはありませんか？」

蔵田はほほえんで言った。

そう言われると、加賀は、決して否定できないような気がした。

5

話を聞き終わった本田は、戸惑いながら言った。

「それ、本当の話なんですか？　自分をからかっておられるんじゃないでしょうね？」

「だから言っただろう。信じるかどうかは君次第だと」

「信じるかどうかは別として、面白いお話でした」

「調べれば事件のことはすぐにわかるはずだ。上田事件は実際にあったことだ」

「それで、その蔵田弁護士は今……」

「すでに亡くなられた。上田被告も亡くなった。一九六四年のオリンピックも遠い過去の歴史となりつつある」

「そうですね。なにせ、自分が生まれる前の話ですから……」

「二〇二〇年か……。それまで生きられれば、もう一度、東京オリンピックを経験できるというわけだな」

「だいじょうぶ。加賀さんなら、きっとお元気ですよ」

「そう願いたいね。もういつ死んでもいいと思っていたが、東京でオリンピックが開かれるとなると、もう一度それを見てみたいという欲が湧《わ》いてきた」

その一言を潮に、本田は引きあげることにした。

礼を言って加賀の家を出た。

車に乗り込むと、本田はカメラマンの高橋に言った。

「今の話、どう思います？」

高橋がこたえる。

「俺がどう思おうと関係ないだろう。俺は写真を撮るだけだ。いい写真が撮れたと思うよ」

高橋は、本田よりはるかに年上で、今年五十歳になる。

「やっぱり俺、からかわれたんですかね」

「そうは思えなかったな」

「でも、あんな話、誰も信じないでしょう」

「信じない……？　どうしてだ？」

「だって、事件のときに、別の時空にいて、それがアリバイだなんて……」

「本当だとしたら、完璧なアリバイじゃないのか」

「こんな裁判、被害者の遺族とかは納得しなかったでしょうね。俺が遺族だったら、黙っていませんよ」

高橋は肩をすくめた。

「遺族には気の毒だが、四つの輪の世界からやってきた上田が、こっちの世界で殺人を犯していないのは明らかだ。判事の判断は正しい」

「無限に連続する別の時空なんて、とても信じられません。高橋さんは、信じているようですね」

「信じる」

その口調が意外なほど強かったので驚き、本田は高橋の顔を見た。

「へえ……。頭が柔らかいんですね。俺は無理だなあ……」

「信じるべき根拠があるんだ」

本田は眉をひそめて尋ねた。

「根拠……？」

「俺、知ってるんだ。パイロットのその後を……」

「何言ってるんです？　パイロットって？」

「スモーク装置が故障して輪を描けなかったF86に乗っていた空自のパイロットだ。その後、彼は責任を感じて空自を辞めた。オリンピックの開会式というのは、それくらいにプレッシャーがあるものなんだ」

本田は、どう反応していいかわからず、黙っていた。

高橋の言葉が続いた。

「その空自パイロットは、その後小説家になった。そして、六年後の一九七〇年、自衛隊の市《いち》ヶ谷《や》駐屯地でクーデターを扇動する演説をした後、割腹自殺をした」

本田はぽかんとした顔で高橋を見ていた。

高橋が言った。

「それが、俺たちがいた世界の歴史なんだ」

連環

月村了衛

祖父の手を握った稀郎《きろう》は、雨の明治神宮外苑《めいじじんぐうがいえん》競技場で整然と並ぶ学生達を眺めていた。

よく見ろ稀郎、あの中に専太郎《せんたろう》がおる——祖父はしきりとそう言っていたが、それでなくても出陣学徒は数多くて黒い塊《かたまり》にしか見えないのに、降りしきる雨に煙《けぶ》ってどれが兄なのかまるで分からない。

正直に言うと、年の離れた兄と触れ合った記憶はほとんどない。帝大の文学部に通う兄は、稀郎がものごころついた頃からずっと学業一筋だった。しかし七歳の子供であっても、兄がこれから戦争に行くのだということくらいは分かっている。ただ親しみの薄い兄の出征に、それほど実感を抱けずにいるだけだ。同様に、周囲の興奮にも染まれなかった。

これだけ雨が降っているのに、どうして誰も傘を差さないのだろう——そんなことが気になった。秋雨でずぶ濡れになりながら、祖父の手だけが普段と違って熱かったのを覚えている。

子供の身にはやたらと長い儀式が終わり、学生達は一団となって雨の向こうに消えていった。

昭和十八年十月二十一日のことだった。

南方に配属されたという兄は、二度と還《かえ》って来なかった。

1

「稀郎、おめえ、錦田欣明《にしきだきんめい》って男を知ってるかい。映画監督だそうだ」

幡ヶ谷《はたがや》にある黒縄《くろなわ》一家本家で、親分の広岡嘉武《ひろおかよしたけ》はそう切り出した。

親分が呼んでいるというので、愛用の革ジャンを羽織《はお》って組に顔を出した稀郎は、いきなり予想もしていなかった質問をぶつけられて面食らった。

「そりゃあ知ってますよ。もちろん会ったことはありませんが」

「有名な奴かい」

「まあ、有名と言えば有名な方でしょう」

「ふーん……」

昭和三十八年三月二十四日。春にしてはうそ寒く、特に夜はまだまだ冷えた。

綿入りの半纏《はんてん》を着込んだ広岡は、火鉢《ひばち》を抱えるようにして何事か考え込んでいる。

錦田欣明は松竹の監督で、確かデビューは戦時中である。それなりの実績を持つベテラン職人監督として認知されていた。

映画好きの変人ヤクザと呼ばれる稀郎と違い、広岡は映画にはさほど興味もないはずだ。

いぶかしげな稀郎の様子に、広岡は半纏の襟《えり》をかき合わせ、

「ウチも世話になってる都議会議員の島川《しまかわ》先生、あの先生の口利きでな、その錦田って野郎がウチに泣きついてきたんだよ」

「錦田欣明がウチに？」

わけが分からない。黒縄一家は昔ながらの博徒《ばくと》系組織で、芝居、映画等の興行にはまったく関わってはいなかった。

島川甚三郎《じんざぶろう》都議が自他ともに認める映画好きなのは聞いている。ことに錦田監督を贔屓《ひいき》にして、料亭に招いたりすることもあるという。その縁から錦田は島川を頼ったのだろう。

「俺も新聞で読んだんだが、来年の東京オリンピックの監督、黒澤明《くろさわあきら》が降りちまったそうじゃねえか」

それなら巷間話題となっていた。黒澤明は三年以上も前から東京オリンピック記録

映画の監督に予定されており、本人も大の乗り気でわざわざローマオリンピック見学に足を運んだりもしている。

　それが一昨日の三月二十二日、オリンピック組織委員会の会合に出席した黒澤明は、委員会の提示する予算では自分の意図する規模の作品制作は不可能であるとして正式に降板を申し出たというのだ。

「オリンピックはもう来年だっていうのに、記録映画の監督がいきなり辞めちまった。それで誰を後釜にするんだって、あっちの世界じゃ結構な騒ぎになってんだってな」

「そのようですね」

「でな、この錦田がどうしても自分がやりたいって言ってるそうだ。ただこればっかりは立候補ってわけにもいかねえらしい。それでなんとかしてくれねえかって島川先生に話を持ち込んで、挙句、ウチに回ってきたってわけだ」

「へえ、錦田欣明がねえ」

　稀郎は思わず失笑した。

　錦田は確かに腕の立つベテランには違いない。実際にキネマ旬報のベストテンにも何度かランクインを果たしている。だが黒澤クラスの巨匠ではない。木下恵介《きのしたけいすけ》、小林正樹《こばやしまさき》、内田吐夢《うちだとむ》ら錚々《そうそう》たる大監督が居並ぶ中では、どう考えても錦田の目はない。

「おやっさん、そりゃあ素人目《しろうとめ》にも無理ってもんですよ。馬鹿馬鹿しい。何をトチ狂ったのか知らねえが、錦田もいい歳をして、身のほど知らずな夢を見たもんだ」

「その無理をさ、おめえにやってもらいてえんだ」

広岡は少しも笑わずに、

「ウチは今まで博打《ばくち》一本でやってきたが、これからはそうもいかねえ。薬師《やくし》一家も紋《もん》町《ちょう》組も、土建屋と組んで東京中で工事をやってやがる。景気がいいどころの話じゃねえ、金が溢れて溢れてもう笑いが止まらねえってよ」

苦々しげに言う広岡の気持ちはよく分かる。少しでもオリンピックの利権に与《あずか》ろうと、東京中のヤクザが目の色を変えている。筋も仁義も過去のものだ。どれだけ建前に固執しようと、実際に大金を目の前にすれば誰であろうと考えが変わる。時代は確実に動いていた。

そんな中で、自分達だけが取り残されている。広岡が焦《あせ》るのも無理はない。

「錦田を望み通りオリンピックの監督に据えてやりゃあ、もう俺達に頭は上がらねえ。今度のオリンピックにはなんと言っても日本の名誉って奴がかかってる。その映画を成功させたとなりゃあ、ちったあ錦田の株も上がるんじゃねえか?」

「そりゃ、そうだろうとは思いますがね」

稀郎は曖昧《あいまい》な答え方をした。確かに空前の大作となるであろうオリンピックの記録映画は注目されている。だからこそ錦田は空席となった監督の椅子を欲しているのだ。しかし、ある程度実績のある監督で同じことを考える者は山ほどいるだろう。また、なんと言っても興行は〈水もの〉だ。蓋を開けてみなければどう転ぶかなど誰にも分からない。

「黒澤はとんでもない額の制作費をよこせと言ったらしいが、それほどじゃなくても、えらい金が出るのは間違いない。それを自由にできるんなら結構な話じゃねえか。それによ、こいつは興行の世界に食い込むいい足掛かりになろうってもんだ」

「待って下さい、おやっさん」

驚いて組長の言葉を遮る。

「興行界や芸能界は神戸の海図《かいず》組や他の大きい組が隅から隅まで押さえてますよ。そこにウチが割り込もうってのはいくらなんでもヤバすぎやしませんかい」

「だからこそ錦田を使うんだよ」

広岡は険しい目で稀郎を見据え、

「オリンピックの監督となりゃあお国の代表だ。一流の名士だよ。そいつを後ろ盾に据えりゃあ、よその組とも交渉のしようがあるってもんだろ」

「しかし……」

「稀郎、おめえ、近頃は組の方にも顔を見せねえばかりか、入れるもんも入れてねえそうじゃねえか。大石《おおいし》や川上《かわかみ》はこれじゃ若いもんに示しがつかねえって息巻いてたぞ。いくら俺だって組内《くみうち》を押さえるにも限度ってもんがある」

「…………」

「おめえ、映画、好きなんだろ？　誰よりも映画観てんだろ？　昔から大石が言ってたぜ、稀郎が見つからねえときは映画館を捜してみろってな。だから俺はわざわざおめえに話を振ってやってんだ。その親心が分からねえって言うのかい」

「いえ、決してそんな」

「まあいい、ともかく錦田に会って話を聞いてやれ。心配するな、ケツは俺が拭《ふ》いてやるから、思い切ってやってみろ」

否も応もなかった。一礼して退出する。

玄関を出るとき、数人の舎弟を連れた代貸《だいがし》の大石とすれ違った。

挨拶《あいさつ》すると、

「なんだ稀郎、映画の帰りに寄ってくれたのかい。ありがてえこったな」

そんな皮肉を残して大石はさっさと中に入った。後に続く若い衆は稀郎に目礼こそするものの、そこには敬意のかけらも籠《こ》もっていない。

舐《な》められるのは慣れている。そう心にうそぶいて、稀郎は組を後にした。

指定されたのは、荻窪《おぎくぼ》の鰻屋《うなぎ》であった。錦田の家の近くで、行きつけの店だという。しもた屋ふうの店構えだが、二階に狭い座敷があった。

約束の六時に十五分ほど遅れていくと、キネマ旬報に載っていた写真と同じ、不健康にむくんだ顔が不機嫌そうに待っていた。

「待たせたな」

そう言いながら上がり込む。錦田は慌てて居ずまいを正して稀郎に上座を勧め、

「人見《ひとみ》さんですね、さあどうぞどうぞ」

言われるままに腰を下ろす。すぐに酒が運ばれてきた。

「さ、まずは一杯」

満面の愛想笑いで徳利《とっくり》を取り上げる錦田に、無言で目の前にあった猪口《ちょこ》をつかんで差し出すと、さすがに一瞬むっとしたようだったが、すぐに生の感情を引っ込めて稀郎の猪口に酒を注いだ。

キネマ旬報の記事によると、錦田欣明は大正五年生まれ。明治四十三年生まれの黒澤明よりも六つ年下で、今年四十七歳ということになる。

稀郎とは二十も年が離れているが、今はこちらの立場が上だ。映画監督は誰よりも鋭敏に力関係を嗅《か》ぎ分ける鼻を持っている。そうでなければ生き残れない。

「失礼ですが、人見さんはおいくつで……」

こちらが若すぎるのが気になったのだろう、不安そうに聞いてきた。

「観たよ、あんたの『さようなら愛しき妻』」

質問とはまるで関係ないことを答えてやると、それだけで錦田の表情が変わった。

「えっ、あれは終戦直後のシャシンだ。GHQには受けたようですが、雑誌や新聞でも無視されたし、観てる人はほとんど……」

「そんなことは俺には関係ねえ。とにかく俺は観てるし、紛れもない傑作だったたってことも知ってる。デビュー作の『新しき東の日々』もガキの頃に観た。それに『果てしない雲の街』。あれこそ演出のお手本て奴だ。スターなんかいなくても演出さえよければどうとでもなる。その意味じゃ『故郷よ何処《いずこ》に』なんて、演出ありきの代表みたいなもんだよな。無駄な絵が一つもねえし、構図も全部決まってる」

「いや、これは……参りましたな、そこまで映画を分かっておられるとは」

およそ芸術家を気取る人間ほど扱いやすい者はない。とにかく作品を褒《ほ》めてやるとてきめんに効く。こっちはヤクザで、人を転がすのが本業だ。黒縄一家は興行界にシノギを持たないが、それでもヤクザ稼業であるから芸能界の裏事情は耳に入ってくるし、芸能人とも直接間接の付き合いはある。

それに——錦田の作品を観ているというのは嘘ではない。

「『故郷よ何処に』は自信作の一本です。キネ旬のベストテンでも八位に入りました。正直に言いますと、もっと上位でもいいと自分では思っとります。しかるに映画批評家を名乗る連中ときたら、やれテーマがどうの、思想がどうのと、映画芸術とは本来無関係であることに拘泥《こうでい》するばかりで、本質がまったく見えとらんのです」

そこから錦田は延々と自画自賛を始めた。そして映画ジャーナリズムに対する独善的な批判。こうなることも予測していた稀郎は、相手の話をそれとなく打ち切るように身を乗り出し、

「いいかい錦田さん、俺はオヤジに言われてあんたと仕事をするかどうかを決めに来たんだ。ウチに頼み事をしてえんなら、まずそいつを聞かせてもらおうか」

「分かりました」

錦田は我に返ったように猪口の酒を干《ほ》し、一息ついてから語り出した。

「世間じゃ黒澤天皇なんて持てはやしてますが、映画は黒澤が一人で撮ってるんじゃない。僕らが会社の企画通りに撮り続けているからこそ、黒澤は好き勝手ができるんだ。いや、僕は東宝じゃなくて松竹ですがね、どこの会社も同じでしょう。安い予算でみんな夜も寝ないで働きづめ。その一方で黒澤だけは好き勝手の言いたい放題で、真に映画界を支えている僕らのことは、同じ監督とも思っちゃいない。なのに世間は黒澤や他の大御所の作品だけが芸術で、僕らの作品は低俗だ、穴埋め用の娯楽番組だと決めつけてる。賞の対象とも見なされない。こんなことってありますか。僕の作品

だってねえ、カンヌでもベルリンでも出品さえしてもらえれば、ちゃんと評価される自信はありますよ」

黒澤の批判から始まって、映画界に対する愚痴《ぐち》と憤懣《ふんまん》、それと裏表の強烈な自意識。そんな話が延々続いた。

酒をちびちび舐《な》めながら聞き流していると、勝手に感極まったのか、錦田がいきなりすり切れた畳に額《ひたい》をこすりつけ、

「人見さん、お願いします。僕はどうしてもオリンピックを撮ってみたい。黒澤が手前勝手に降りたのはいつものわがままでしかないが、僕にとっては願ってもないチャンスです。僕だって資格は充分にある。実力も実績もあるんだ。なのにこのまま手をこまねいていては、内田吐夢か今井正《いまいただし》か、黒澤と大して変わらない特権階級の巨匠に決まってしまう。下手《へた》したら大島渚《おおしまなぎさ》なんて独りよがりの若僧に持っていかれるかもしれない。お願いです、僕が巨匠になれるかどうかの瀬戸際なんです。どうか兄《あに》さんのお力で僕を男にして下さい」

普段の錦田は現場スタッフに対する横柄さで知られ、評判は極めて悪いという。その程度の情報は事前に仕入れてある。その錦田が、巨匠の尊大さを批判し、さもスタッフの味方であるようなふりをしつつ、自分自身が巨匠に取って代わりたいと言う。その矛盾に気づいてもいない。

上にへつらい、下に威張《いば》る。しかも親子ほども年の違う自分に「兄さん」と来た。恥も外聞もなく土下座する錦田の、薄くなった後頭部を見下ろしているだけでむかむかと腹が立ってきた。

「茶番はいい。それより、そこまでオリンピックの監督をやりたいと言うからには、何か勝算でもあるのかい」

「勝算、ですか」

「どういう映画にしたいかって訊《き》いてんだよ」

ああ、と得心したように頷《うなず》いて、錦田はそれまで以上の勢いで語り出した。

まず撮影は宮川一夫《みやがわかずお》か宮島義勇《みやじまよしお》。

音楽は芥川也寸志《あくたがわやすし》か武満徹《たけみつとおる》。

そして脚本は松山善三《まつやまぜんぞう》、石原慎太郎《いしはらしんたろう》、開高健《かいこうたけし》、大江健三郎《おおえけんざぶろう》に共作させる。

「脚本だと?」

猪口を口に運んでいた手が止まる。

「記録映画にどうして脚本がいるんだよ」

「そう、そこです」

錦田はいかにも得意げに、

「ただ競技を撮《うつ》しただけではそれまでの記録映画の域を出ません。僕は人間が撮りたいんです。もちろん競技の結果をシナリオに合わせるなんてことはできませんが、オリンピックという一世一代の戦いに臨む人間の心理とはどういうものか、あらかじめシナリオという形にしておいて、スタッフ間の打ち合わせに使うんです。これにより、撮影に臨むスタッフの意思を統一する。そこまで徹底してやらなければ、単なる記録映画を超えるシャシンなんてできっこない」

「なるほどな」

発想としては面白い。意気込みだけは確かに伝わってくる。

「そいつらにゃ話は通してあるのかい」

「もちろんこれからですが、オリンピックとなれば話題性は充分です。作家もスタッフも人間ですから、損得を考えれば必ず乗ってくるでしょう」

「本当に宮川一夫を引っ張ってこれるのか」

そこが要《かなめ》であると稀郎は見た。もし実現できるなら、映画界にとってはまさしく〈大事件〉だ。

「こう見えても、僕は千恵《ちえ》プロの出身なんです。もう屋台骨も傾いてて、末期もいいとこでしたけどね。そのとき可愛がってくれたのが稲垣浩《いながきひろし》さんです。稲垣さんの紹介なら、宮川さんも嫌とは言えんでしょう。ここは確かに勝負どころですが、宮川一夫を引き入れることさえできれば、日本中のキャメラマンを味方につけたも同然です」

その通りだ――

宮川一夫ほど同業者に一目も二目も置かれている撮影監督はいない。若手の信望も厚い。その技術と存在感は、すでに神格化されていると言っていいほどだ。

宮川一夫と一緒に映画を作る――

夢だ。途轍《とてつ》もなく甘い夢だ。

一瞬の幻影に口許が緩みでもしたのか、錦田はここぞとばかりに語り続ける。

「年々お客の数が減ってるとか、今にテレビの時代が来るとか言われてますが、なあに、日本映画がどうにかなるなんてことはありゃしない。僕はね、この手でそれを証明してやりたいんですよ。そのためにも兄さんの力が要るんです。僕と一緒に映画を作りましょう。兄さんのお名前は制作協力、いやプロデューサーとしてちゃんと表記します。マスコミも口を揃えて言ってますよ、オリンピックは日本復興のシンボルだって。それを僕達が日本映画飛躍のシンボルに変えるんです。僕達の手で、これまでにない、新しい映画を創造するんです」

いけねえ――夢なんざ見ちゃいけねえ――

そう自らに言い聞かせつつも、心はすでにフィルムを見ていた。厳密には、フィルムに焼き込まれた己《おのれ》の名を。

2

牛込《うしごめ》にあった稀郎の生家は昭和二十年の空襲で消滅した。役人であった父は稀郎が生まれて間もなく癌《がん》で亡くなっていたが、残された家族は同じく役人であった祖父の年金と、翻訳をしていた母の収入とで暮らしをまかなっていた。

その祖父も母も、空襲のさなかに稀郎の目の前で焼け死んだ。よくある話で、以来、稀郎は親戚の家をたらい回しにされて育ち、一時は浮浪児同然の生活を送っていたことさえある。

黒縄一家の先代に拾われたのは、稀郎が十七のときだった。盃《さかずき》をもらい、ヤクザとなった。その先代も五年前に亡くなり、当時代貸を務めていた広岡が跡目を継いだ。広岡親分とは特に反りが合わないというわけでもなかったが、広岡の片腕である大石が組の要職を自分の取り巻きで固めたので、自然と稀郎の居場所はなくなった。それでなくても自分に懐《なつ》かず、映画館に入り浸ってばかりいる稀郎を、大石は前々から快く思っていなかったのだ。

浅草《あさくさ》や上野《うえの》の映画館で、ただ番組の穴埋めとしてのみ作られた三流映画を眺めながら、稀郎は時折考えた――自分はどうして映画に惹《ひ》かれるのだろうと。

きっかけは、ある。

触れ合った思い出のほとんどない兄であるが、出征の直前、何を考えたか、稀郎を映画に連れていってくれた。おそらくは、年の離れた弟とどう接していいかさえ分からず、自分の趣味に無理矢理付き合わせたというところか。

もっとも、肝心の映画で覚えているのは、路地裏で悪漢に痛めつけられた主人公が血を吐《は》いてどぶに転がるシーンのみで、後はひたすら退屈だった。横目に兄を見上げると、兄もこちらを振り返り、付き合わせて悪かったと詫びるかのように弱々しく微笑《ほほえ》んだ。ほの白い光の中に浮かび上がったその顔だけが、鮮明に記憶に残っている。

――稀郎、この映画は駄作だ。

そんなことを呟《つぶや》いていたようにも思うがさだかでない。

しかし、たったそれだけでしかない兄との思い出ゆえに、自分が映画に耽溺《たんでき》するようになったとは思えない。

では、なぜだろう。

答えはない。小便臭い劇場の硬い椅子に座るだけで、一時間か二時間、目の前に嘘が広がる。色のない、あるいは極彩色の嘘。欺瞞《ぎまん》だらけの世の中で、明白な嘘はいっそ心地《ここち》好かった。

うまく俺をだましてくれ。世の中にも綺麗なことがあるのだと、この俺をだましてくれ。

そんな思いがあったのかもしれない。

だから今度の仕事は気が進まなかった。ヤクザになって知ったのは、スターは決して夜空の星ではないということだ。

ただの、人間。

いや、汗水垂らして働く人々よりも、もっと薄汚い顔を持っている。映画会社の重役の悪行ぶりとなると、下手なヤクザなど足許にも及ばない。

そんな話は聞きたくもなかった。知ってしまうとおしまいだ。銀幕の美女があさましい醜女《しこめ》にしか見えなくなる。

興行の世界の裏を知るたび、銀幕の輝きがどんどん失《う》せていくように思った。世間の裏で生きるヤクザでありながらそんなふうに思うのは、映画館の闇の中に、最後の居場所を見出したからだろう。たとえそれが嘘であっても。偽りであっても。

映画館の暗がりは、世間の暗がりとは違っていてほしかったのだ。

錦田に会った翌日から早速仕事に取りかかった。

まずはオリンピック組織委員会について調べ上げる。会長の安川第五郎《やすかわだいごろう》、準備委員長の新田純興《にったすみおき》以下、各委員の経歴や組織構成など、公表非公表にかかわらず、あらゆる情報を片っ端から収拾する。

その結果、記録映画の監督選定は「東京オリンピック映画協会」と呼ばれる部会の理事達が担当していることが分かった。同協会はニュース映画社五社によって運営され、新聞社系の各社からも理事が送り込まれているが、主導権争いが絶えないという噂まである。

中でも特に発言力を持っているのは、元衆院議員の桑井菅次郎《くわいかんじろう》、日本体育大学教授の山畑参治《やまはたさんじ》、三井物産常務取締役の南沢義康《みなみさわよしやす》の三人らしい。この三人はいずれも自称映画通で、その方面には疎《うと》い理事達から信頼を寄せられており、自然と監督選定者のような立場に収まったという。

この三人さえ押さえることができれば、監督の人選について理事会の意見をこっちの思う通りに動かせる。

ここまで来ると後は簡単だ。

三人の周辺を徹底的に洗う。家族構成、交友関係、資産状況、愛人の有無等。恐喝《ゆすり》の際にはこうした情報が基本となるから、ヤクザなら調べる方策はいくらでも心得ている。裏社会に通じたヤクザの前では、通り一遍でしかない警察の捜査など児戯《じぎ》にも等しい。

元議員の桑井は女好き。教授の山畑は博打好き。三井の南沢はアメリカとの取引で相当ヤバい橋を渡っているらしい。

あちこちの筋から上がってきた情報に、稀郎は一人ほくそ笑んだ。

こいつはちょろい――三人揃ってどうにでも動かせる――

まず山畑。こいつは一番簡単だ。なにしろ黒縄一家は博徒系なのだ。縄張り内《シマうち》の賭場に引っ張り込みさえすれば、後はなんとでもなる。

三井の南沢は会社の金を不正に動かしているから、早めに補塡《ほてん》しようと焦っているはずだ。こいつは金で何とかなる。ただ取引の内容自体には触れない方がいい。アメリカ絡みだけに厄介な連中が出張ってくるおそれがある。そうなると黒縄一家では到底対処できない。妙なところでよけいな欲はかかないことだ。

残る桑井。こいつは政治家だけに理事会の中でも親玉のような存在だ。一番強力な手綱《たづな》を付けてやる必要がある――


その夜、中野《なかの》のトリスバーで、稀郎は八戸孝多《はちのへこうた》と落ち合った。

八戸は自称芸能プロダクションの社長兼マネージャーである。すなわち、ヤクザと芸能界の狭間にうようよと湧いている蛆虫《うじむし》の一匹だ。

「いや、驚きましたよ、人見の兄ィから電話をもらえるなんて。あたしゃてっきり嫌われてるもんだとばかり思ってたから」

おめえは少しも間違っちゃいねえよ――

そんな思いは顔には出さず、

「悪いな、電話する暇もなくてよ」

「映画を観るのも時間を食いますからねェ」

八戸の言葉に皮肉が籠もる。あえて聞き流し、八戸の隣に座った小柄な女に目をくれる。

「それで、この娘《こ》がそうかい」

「ええ、どうです、ご注文通りでしょう……おいリカ、こちらは黒縄一家の人見さんだ。ちゃんとご挨拶しねえかい。挨拶は芸能人の基本だぜ」

「こんばんは」

女は上目遣《うわめづか》いに稀郎を見つめたまま無愛想な口調で言った。まだ十代だろう。どう見ても十五、六。家出娘かもしれない。

八戸はいつでも客の要求通りの女を調達できる。早く言えば現代の女衒《ぜげん》だが、その腕だけは一流だ。

「花野《はなの》リカって言います。もちろん本名じゃありませんよ。本人は六本木《ろっぽんぎ》野獣会のメンバーだって言ってますけど、さあ、どうだか」

「本当よ。嘘だと思うんなら、田辺靖雄《たなべやすお》さんか井上《いのうえ》の順《じゅん》ちゃんに電話して訊いてみてよ。大原麗子《おおはられいこ》さんでもいいわ。こう見えてもあたし、麗子姉さんにはずいぶん可愛《かわい》がってもらってんだから」

女は口を尖らせむくれてみせる。

六本木野獣会とは、数年前から六本木にたむろして遊び歩く不良達の集団で、流行の最先端だと持てはやされていた。メンバーの多くが芸能界にスカウトされ、注目されたことから、彼らに憧れる少年少女も多かった。話題作りを狙う大手芸能プロの仕込みという噂もあったが、実際に六本木に押しかける若者も多く、どこまでがメンバーと言っていいのかさえ判然としなかった。花野リカと名乗るこの少女も、案外本当に末端メンバーの一人なのかもしれない。

いずれにせよ、稀郎にはどうでもいいことだった。

小柄だが肉付きのいい体。厚めの唇《くちびる》。締まった足首。ぴったりだ――桑井菅次郎の性癖に。

「さすがは八戸社長だ」

稀郎は革ジャンのポケットから輪ゴムで丸められた一万円札の筒を取り出し、八戸に投げ渡した。

受け取った八戸はすぐに輪ゴムを外し、札の枚数を数えてから顔を上げた。

「確かに。でも兄さん……」

「分かってる。そいつはほんの手付け金だ。この娘の仕事ぶりによっちゃあ、月々の払いもちゃあんと保証してやるぜ」

「助かります」

そのやり取りを横目で見ていたリカが、

「ねえ、あたしに一体何をやらせようって言うの。あたしはれっきとした芸能人なのよ。歌だってイケてるし、ダンスだって――」

「分かってるよ」

ぶっきらぼうに稀郎は答えた。

分かっている――こういう娘は打算に長《た》けているものだ。

「おめえにやってもらいたいのはな、芸能人ならみんなやってることだ」

女の目が赤く光った。意味は察しているようだ。

偶然を装って桑井にリカを接近させるのは簡単だった。

すぐに桑井はリカの若い肉体に溺《おぼ》れ切った。そのために八戸に高い金を払って桑井の好み通りの女を探し出したのだ。

リカも心得たもので、自分に与えられた役柄を完全に理解している。なにしろ「桑井という親爺《おやじ》は大した力のある政治家で、芸能界とも深い付き合いがある」と、リカには本当のことを教えてあるのだ。こちらの要求以上に張り切ってくれた。

桑井は御用達《ごようたし》の高級旅館で、リカにねだられるままに布団《ふとん》の上で「デビュー」やら「レギュラー」やら「キャンペーン」やらを約束させられていた。知り合いのプロデューサーに電話したりしている桑井の動きを見ていると、どうやら本気でリカのデビューに手を貸してやるつもりらしい。小娘ながらリカの手練手管《てれんてくだ》は実に大したものだった。

頃合いを見て、いつもの旅館でリカを待っている桑井の元へと乗り込んだ。

「そういうことか」

さすがに桑井はいささかの動揺も見せなかった。

「わしを相手に美人局《つつもたせ》の真似事とは、若いにしてはいい度胸をしているな。それとも、わしが誰かも知らずに――」

「滅相《めっそう》もございません。ようく存じ上げておりますよ、桑井先生。それより、あの娘はお気に召しましたか」

桑井はたちまち相好《そうごう》を崩し、

「うん、なかなかの上物だな、あれは。大いに気に入っとる」

「そいつはよかった。なら好きなだけお側に置いてやって下さい。こちらもお世話したかいがあったってもんで」

そう言うと、桑井は再び表情を険しくし、

「狙いはなんだ。金か。言っておくがな、わしの後ろには――」

「そこらへんもようく存じておりますよ。私も渡世人の端くれですから。揉《も》め事を起こそうなんて気はこれっぽっちもありゃしませんし、先生にご迷惑をおかけする気もさらさらありません」

「どういうことだ。慈善事業でわしに女を世話したとでも言うのか」

「まあ、似たようなもんで」

「ふざけるな」

「ところがこっちは大真面目で……実は一つだけお願いがございまして、オリンピックの映画監督、あれに錦田監督をご推薦頂きたい」

桑井は窪《くぼ》んだ目を意外そうに見開いて、

「錦田？　あの錦田欣明か」

「その通りで」

案の定、好色そうな赤い鼻の先でせせら笑い、

「君は映画については素人だな。錦田欣明は確かにいい映画を作るときもある。だが

な、ありゃ二線級の職人だよ。玄人《くろうと》の間で評価する向きもあるのは知っとるが、黒澤の後任にはとてもとても……第一、世間が納得せんよ。今井正や今村昌平《いまむらしようへい》は断ったらしいが、伊藤大輔《いとうだいすけ》、島耕二《しまこうじ》、増村保造《ますむらやすぞう》、まだまだ大物がいるってのに、彼らを差し置いて錦田欣明とは」

「世間が納得しなくても、オリンピック映画協会が推して下されば、組織委員会も同意する。違いますか」

「それこそ無理だ。三井物産の南沢君なんて、ドキュメンタリーなら亀井文夫《かめいふみお》を措《お》いて他はないとかねがね主張しておるくらいだ」

「その南沢常務も、山畑先生も、快くご同意下さいました」

「なんだと」

稀郎は膝《ひざ》を改めて畏《かしこ》まり、

「なるほど、確かにドキュメンタリーに亀井文夫なら誰しもが納得する。ですがオリンピックは日本の一大事業です。その記録映画が単なるドキュメンタリーでいいはずはない。私はこの映画を、日本映画変革の旗印にしたいんです」

「それこそ素人の戯言《たわごと》だ。錦田がそれほどの器かどうか。たとえその器量があったにしてもだ、格落ちの感は免《まぬが》れん。オリンピック全体のイメージダウンだけはなんとしても避けねばならん」

「先生」

稀郎はそれまでの口調を一変させ、押し殺したような声で言った。

「リカはね、まだ十五歳なんですよ」

桑井の顔色が変わった。

「嘘だ、本人は二十歳だと」

「正直に言う馬鹿はおりませんよ。第一、六本木野獣会のメンバーだと本人が言ってませんでしたか」

「それは確かに言っとったが、しかし……」

「六本木野獣会を名乗るガキどもの齢を考えれば大概察しがつこうってもんだ。少なくとも世間はそう考える。なんにせよ、未成年の中学生を愛人にしていたと知られれば、いくら桑井先生でもどうしようもない。完全に命取りだ」

「その前に貴様が消されるだけだ。わしが一本電話をかけるだけで――」

「それくらいの覚悟はしておりますよ、先生。でなきゃ、こうして身一つでのこのこやってきたりはしませんよ」

「……………」

「先生、私はね、本当に錦田に賭けてるんです。一度奴のアイデアを聞いてやっておくんなさい。さっきも申しました通り、私はよけいな揉め事を起こそうなんて気はこれっぱかりもありゃしません。先生さえ錦田を推して下されば、これまで通り、中学生の若い肌を好きなだけ楽しめるってわけで」

黙り込んだ桑井を残し、稀郎はちょうど入ってきたリカと入れ違いに退出した。

3

桑井は落ちた。理事会で錦田を推薦するし、そのための根回しもすると言ってきた。それだけリカの若い肌に未練があったのだろう。

これだから色って奴は——

稀郎は桑井に事細かな指示を与え、必要と思われるだけの金を渡した。桑井は黙って受け取った。

新宿《しんじゅく》のクラブで、稀郎は一人祝杯をあげた。大石のように舎弟を連れ歩くのは性に合わない。変人ヤクザと誹《そし》られようが、一人の方がやりやすい。馬鹿に足を引っ張られるのだけは御免だった。

仕事は思った以上にうまく運んだ。

折から錦田の監督作『輝ける明日の恋人』が批評家筋に絶賛され、意外なヒットとなっていた。もともとは番組の穴埋めに近い会社企画の小品で、内容はごくありふれたメロドラマである。封切り後、一週間で次の作品と交替するはずが、好評のため二週間、三週間と延長されるほどの人気を呼んだのだ。批評家の間ではすでに今年度の収穫だと推す声すらある。

　こうなると、桑井ら有力理事が錦田欣明を推薦してもそう不自然ではない。稀郎のもくろみにとっては絶好の追い風であった。

　稀郎はいい気持ちでグラスを傾けた。ジャズの生演奏が流れる店内に、ウイスキーのオン・ザ・ロック。アメリカ映画で散々見た光景だ。こうしていると、自分が映画の中の登場人物になったような気さえする。

「おい、人見の兄さん」

　不意に呼びかけられ顔を上げると、周囲に五人の男達が立っていた。中に一人、知った顔があった。声をかけてきた男。飛本《とびもと》組の金串《かねぐし》だ。

「おめえ、近頃妙な動きをしてるそうじゃねえか」

　来たか、と思った。

　飛本組は神戸の海図組とは友好関係にあり、主に映画界からシノギを得ている組織の一つだ。稀郎の行動が彼らの耳に入らぬわけがない。

「こりゃ金串さん、一体なんの話ですかい」

「とぼけんじゃねえ。映画の話だよ」

「ああ、最近観た中では『アラビアのロレンス』がよかったねえ。批評家の先生方は的外れなことを抜かしてるようだが、要するに主人公はオカマで、それがバレたんで意気地がなくなったって話でしょう?」

周囲の男達が激昂《げっこう》する——「ふざけんじゃねえ」「舐めた口ききやがって」「前々から目障《めざわ》りだったんだよ、てめえは」

金串は薄く笑いながら稀郎の肩に手を掛ける。

「映画の話はいいからよ、ちょいとツラ貸してくんな。おっと、この場から逃げられると思ったら大間違いだぜ」

「へいへい」

その手を払いのけて渋々立ち上がるふりをしながら、ウイスキーの瓶を金串の顔に叩きつける。

鼻から血を噴《ふ》いて金串がのけ反り倒れた。

他の客や店の女達が悲鳴を上げる。

「てめえっ」「このガキ」「やっちまえ」

男達が一斉につかみかかってくる。稀郎はテーブルをひっくり返し、右側にいた男のみぞおちに左の拳を叩き込んだ。そしてすかさず左側の男に向き直り、頭部を瓶で殴った。ウイスキーの瓶が砕け散る。

「野郎っ」

一人が懐《ふところ》からコルトを抜いた。

殺《や》られる――

そう思った瞬間、男が悲鳴を上げてコルトを床に落とす。

男の手首は、背後から大きな手に捻《ねじ》り上げられていた。

「喧嘩《けんか》でハジキなんか使うんじゃねえ。それでなくてもオリンピックのせいで近頃はサツがうるせえってのによ」

稀郎は息を呑んだ。店中の者達も。

いつの間に入ってきたのだろう。優に一八〇センチを越える巨体。大きく張り出した顎《あご》に眼鏡《めがね》。そしてトレードマークの白いスーツにソフト帽。

間違いない。花形敬《はながたけい》だ。

たとえ直接会ったことはなくても、東京のヤクザ者なら誰もがその名を知っている。

横井《よこい》英樹《ひでき》襲撃事件で服役中の安藤昇《あんどうのぼる》に代わり、組長代行として安藤組を守る大幹部。素手による喧嘩の強さでは並ぶ者がないプロの喧嘩師とも言われている。力道山《りきどうざん》をも震え上がらせたという逸話さえあるくらいだ。それが単なる噂でないことは、圧倒的な体軀《たいく》から発散される凶暴な気迫が何よりも雄弁に語っていた。

「飛本の若いもんは喧嘩の仕方も知らねえのかい。とっとと失せな。酒が不味《まず》くならあ」

巨大な獣が吠《ほ》えたようだった。飛本組の男達は、倒れている仲間を肩に担いでものも言わず退散した。

同時に店のボーイ達が素早く花形のために席を作る。

「おい、そこの。よかったらこっちへ来な」

茫然《ぼうぜん》と立ち尽くしていた稀郎は、呼ばれるままに花形のテーブルに着いた。

「名前は」

「黒縄一家の人見稀郎って言います」

「ああ、聞いたことがあるな。俺は——」

「花形の兄貴さんですね。おかげさんで助かりました」

巨漢のヤクザは苦笑して、

「礼なんざいい。俺は喧嘩にハジキを使う奴が嫌いなだけだ」

花形の武器嫌いもまたよく知られている。

「それより、兄ちゃん、いい度胸してるじゃねえか。一人で五人も相手にしようなんてよ。気に入ったぜ」

「兄貴さんに比べりゃ、自分なんかとてもとても」

稀郎の前に、花形と同じブランデーのグラスが置かれた。

「飲《や》ってくれ。俺の奢《おご》りだ」

「頂きます」

二人してグラスを干した。この上なく美味《うま》い酒だった。

「なあ、さっき少しだけ聞こえたんだが、映画がどうのと言ってたな」

ひとしきり飲んでから、花形が身を乗り出すようにして大きな顔を寄せてきた。

「それに飛本と言えば映画がシノギだ。いざこざの原因は映画かい」

「ええ、まあ、そんなとこで」

ふうん、と言って手ずからグラスに酒を注いだ花形は、

「おめえ、ひょっとして映画がやりたいのかい」

「はい」

正直に答えた。嘘を許さぬ花形の眼光であり、貫禄であった。

「野暮な説教なんざするつもりもねえが、あんなもんに深入りはしない方が身のためだぜ」

その理由を訊こうとしたとき、

「ま、飲めよ」

花形が上機嫌で稀郎のグラスに酒を注いだ。よほどこちらのことを気に入ってくれ

たようだ。

「こいつはずいぶんといい酒ですね」

「そうだろう。こう見えても俺は酒にはちょいとばかりうるさいんだ」

そう応じた花形には、面相に似合わぬ愛嬌《あいきょう》があった。

結局、稀郎は忠告の真意を聞きそびれた。

飛本組に目を付けられたのは気になるが、花形の知遇を得たのは僥倖《ぎょうこう》だった。

それでなくてもヤクザ社会は情報が早い。あの夜以来、花形と稀郎が親しいという噂が立ち、暴力の化身のような花形を怖れるヤクザ達は、稀郎に手を出さなくなった。

つまりは思わぬ抑止力を手に入れたというわけだ。

おかげで稀郎はさらに仕事がしやすくなった。

今井正、今村昌平に続き、渋谷実《しぶやみのる》、新藤兼人《しんどうかねと》らも後任監督の打診を受けながら断ったという。

巨匠としてのプライドもあるだろう。また黒澤に対する遠慮もあるだろう。実際に周囲から、遠慮せよ、辞退せよと、有形無形の圧力を受け、断った監督もいるらしい。

加えて、黒澤の後釜ということになれば、結果的に何を作ろうと世間は比較の目で見るに違いない。およそ映画監督にとって、これほど恐ろしいプレッシャーはないということくらい、門外漢の稀郎にも想像はつく。

いずれにしても、監督が未だに決まっていないのは事実である。それもまた好都合であった。

錦田の監督作『輝ける明日の恋人』は、今も動員数を増やしている。何もかもが順調だったが、いつ予想外の事態が起こらぬとも限らない。少しでも早く事を進める必要があった。

錦田とは頻繁《ひんぱん》に密会し、互いに情報を交換した。策略上の動きだけでなく、錦田の日頃の立ち居振る舞いについても、稀郎は一方的に細かい指示を与えた。撮影所の人心が掌握《しょうあく》できねば超大作の監督など到底務まらないからだ。

「はい、すべて兄さんの仰《おつしや》る通りに致します。この御恩は一生忘れません」

首尾は上々と聞くたび錦田は相好を崩し、へこへこと頭を下げた。

稀郎は組とは別に会社を作り、大久保《おおくぼ》に事務所を構えることにした。

『人見エージェンシー』。それが新会社の名前だった。電話番の女の子と雑用の小僧がいるだけの小さな会社であったが、それでも自分自身の城には違いない。

大石をはじめ、内心面白く思っていない者も組には多いだろうと想像はついたが、なにしろ親分の命令で進めている仕事だ。誰も口に出して文句は言えない。

実際に重要な大義名分もある。日本の社会は個人には金を出さないが、会社の看板を出しているだけで各社の担当者は書類に判を押してくれる。映画作りの過程で入ってくる金を組に流すには、なくてはならない舞台装置だ。もちろん稀郎の懐にも自動的に流れ込んでくるような仕組みになっている。

それは決して目先の利益のためだけではない。オリンピック映画の後も、稀郎が興行界でシノいでいくには、なくてはならぬ看板だった。

そのためにも、この看板を必ず大きくしてやるぜ――

会社を立ち上げてから五日目。事務所に一本の電話がかかってきた。

電話番に雇った元交換手の川本康子《かわもとやすこ》が応対し、社長の椅子に座る稀郎に向かって言った。

「社長、ナガタって人の秘書だって方からお電話です」

「ナガタ？　知らねえな、どこのナガタだ」

聞き返すと、二十二歳にしては肉の弛《たる》んだ太い首を傾《かし》げながら康子は答えた。

「さあ、ナガタマサイチって言ってましたけど」

稀郎は反射的に椅子から立ち上がっていた。

永田雅一だと――

京橋《きょうばし》交差点の角にある大映本社ビルの社長室で、その男は待っていた。天才的に弁が立ち、且《か》つハッタリの達人であることから、戦前より〈永田ラッパ〉と呼ばれた怪物。

大映社長の永田雅一である。

革ジャン姿で現われた稀郎を一瞥《いちべつ》し、「人見君てのはチミかね」と大儀そうに言った。

それまで永田は、東京オリンピックの監督問題についてはどういうわけか終始無関心であった。もし永田が本気になれば、正面から子飼いの監督を押し込みにかかるだろう。この眼鏡にチョビ髭《ひげ》の小男には、それだけの力も人脈もある。

それがどうして今頃になって——

「この前、東映の大川《おおかわ》さんらとゴルフに行ったんだが、一緒におった海図組の村崎《むらさき》君が言うには、なんでもチミはオリンピックの監督に松竹の錦田をねじ込もうとしとるそうじゃないか。そりゃほんとかね」

「ええ、本当です」

腹を据えて答えると、永田は「ほう」と目を細め、

「錦田ってのは、ありゃ二流だよ。僕も昔からよう知っとるが、気のこまい男でな、

どう贔屓目に見ても黒澤や溝口《みぞぐち》とは格も器も違いすぎる。あんなのを監督に据えたら、日本の恥になるだけじゃ。悪いことは言わん、やめとけやめとけ」

したたか、強欲、横柄、ワンマンなどと評されることの多い永田ラッパにしては、意外なほどまっとうな意見であった。しかも口調は至極落ち着いている。

「それはよく存じております」

「だったらチミィ」

「お言葉ですが社長、これが普通の劇映画だったら、錦田は確かに黒澤明や溝口健《けん》二《じ》、今村昌平や吉村公三郎《よしむらこうざぶろう》には勝てないでしょう。なのに実際はどうですか、黒澤はとんでもない金を要求した挙句に勝手に降りやがった。いかにも黒澤らしい思い上がりだが、今は巨匠のわがままに付き合ってる場合じゃない。すぐにでも監督を決めて準備にかからなきゃならねえっていう火急の時です。幸い今は錦田の『輝ける明日の恋人』が馬鹿当たりしてる最中だ。大島渚のようなわけの分からない若手より正統派の錦田だって声も出てる。この流れなら錦田に持ってくのもおかしくはない。それにここが一番の肝《きも》ですが、オリンピックの映画に関しちゃ、錦田はいいアイデアを持ってます」

稀郎は自分でも驚くほど情熱的に錦田の構想について熱弁を振るった。まるでそれが自分自身の創造物であるかのように。

黙って聞いていた永田は、稀郎が語り終えるのを待ってぽつりと言った。

「けどな、これは映画界だけじゃない、お国の問題だ」

虚を衝《つ》かれた。

「そりゃ僕も映画人として意見を求められたら誠心誠意応じるつもりだが、こっちからああせいこうせいと指図するのは、筋違いというもんじゃないのかね」

永田は本音で語っている――そう直感した。

思えば永田雅一とは、極めて不可解な人物である。京都千本組の若い衆から身を起こし、才覚一つで映画界の頂点までのし上がった。多くの敵を追い落とした権謀術数は年々偏執の気味を増しつつも、その反面、映画に懸ける情熱は本物だ。多分に独善的で反対意見には耳も貸さない傲慢《ごうまん》さを併せ持つが、その情熱こそが多くの映画人を魅了し、心酔させてきた最大の要因なのだ。

且つまた、実利的側面が大きいとは言え、永田は右翼の児玉誉士夫《こだまよしお》らとも親交を持つ国士でもある。

経営者としての策士の顔と、映画に魂《たましい》まで魅せられた活動屋の顔。そのどちらが本当なのか、おそらくは永田自身にも分かってはいまい。

だからこそ――眼前の小男に〈連帯感〉とでも称すべき奇妙な感情を抱かずにはいられなかった。たとえそれが手前勝手な思い込みであったとしても。

稀郎は、とっておきの切り札を出した。

「お国の映画だからこそ、配給はぜひ大映に」

永田の目が夜の梟《ふくろう》のように光った。老獪《ろうかい》な策士の方の顔だ。

「オリンピックの映画は絶対に当たる。錦田の狙い通りに作ればね。組織委員会の見込み以上にずっと儲かるはずだ」

「できるとでも言うのかね、チミにそれが」

「錦田に決まりさえすれば。奴が映画協会を説得して大映に持っていくよう動きます」

「一体、チミは自分を何様だと思ってるのかね？　ただのチンピラじゃないか。それも興行の世界では新参ですらない」

厳しく、冷ややかな言葉。しかしその裏に稀郎はある含みを見出した。

「その通りです。だから社長は見ているだけでいいってことです。自分は何も関係ないってね」

永田は無言でこちらを見つめている。

その禿《は》げ上がった頭の中で、猛烈な計算が渦巻いているに違いない。

窓から射し込む赤い落日が稀郎の横顔をじりじりと炙《あぶ》る。

永田はくるりと背中を向け、壁に掲げられた『羅生門』と『地獄門』のポスターを交互に見た。

「好きにせい。言っとくが、僕は何も知らんからな」

通じた——

稀郎は深々と永田の背中に向かって一礼した。

「心得てます、社長」

4

人見エージェンシーは永田雅一と密約を交わすことに成功した。

永田は映画界における稀郎の活動を黙認する。引き換えに、錦田欣明の監督就任が決定した暁には、配給が大映一社となるよう錦田を通して映画協会に働きかける。

黙認とは言え、それは事実上、永田雅一の後ろ盾を得たに等しい。

それは稀郎の裏工作にとって、計り知れぬほどの威力を発揮した。何しろ、撮影所や映画界の隅々にまで自由に出入りすることが可能となったのだ。永田が許している以上、文句を言う者は誰もいない。たまに事情を知らない裏方の荒くれが「このどチンピラが、誰に断って入ってきてやがんだ」などと嚙《か》みついてくることはあったが、そんなときは周囲の職人達や現場の親方が慌てて男をなだめ、寄ってたかって外へと連れ出す。稀郎にしきりと頭を下げながら。

恐るべきは映画界における永田の影響力であった。中には内心快く思っていない者もいるだろう。いや、表面的な態度にかかわらず、全員がそうだと言っていい。

それでも、与《くみ》すべきは強者である。映画界のどこに行っても、稀郎は丁重に扱われる。兄貴、兄貴と。誰もが擦り寄り、媚《こ》びへつらう。もはや誰も知らないチンピラではない。

人一倍映画に耽溺していたことも幸いした。稀郎は撮影監督、美術監督をはじめ、主だったスタッフの名前と業績を把握していた。職人、及び職能集団は、狷介《けんかい》な性格を持つ一方、自分達の仕事を知り、評価してくれる人間には滅法弱い。

「あんたの仕事は知ってるよ。ありゃあ、いいシャシンだったなあ」

例えばそんな一言で、稀郎をただのチンピラだと侮《あなど》っていた撮影所の男達からも、次第に一目置かれるようになっていった。

そうした中で、稀郎は「錦田欣明をオリンピックの監督に」という現場の声を醸成することに専念した。スタッフの支持なくしては、映画制作は成り立たない。

一方、東京オリンピック組織委員会事務総長の与謝野秀《よさのしげる》らは、十一月五日、東宝撮影所で『赤ひげ』撮影中の黒澤明を訪ね、監督就任を再度懇願しているが、にべもなく追い返された。

稀郎にしてみれば「何を今さら」と鼻で笑うしかない。映画人の性質と現場をまるで理解していない殿上人《てんじょうびと》の道化ぶりであった。

昭和三十八年の秋もいよいよ深まってきた頃のことである。多摩川にある大映東京撮影所の一隅で、稀郎は大勢のスタッフ達と映画界の噂話に興じていた。

大道具の一人が、何かの弾みでＮＨＫの大作ドラマ『花の生涯』を話題にした。それまでテレビドラマは三十分枠が主流であったが、「テレビでも映画に負けない作品を」との掛け声の下、歌舞伎界から尾上松緑《おのえしょうろく》を主演に迎え、鳴り物入りで制作、放映中の話題作であった。

放映第一回から香川京子《かがわきょうこ》、淡島千景《あわしまちかげ》ら映画スターが顔を揃え、さらにはこの作品で松竹の看板スターであった佐田啓二《さだけいじ》がはじめてテレビに出演したことで、映画スターのテレビ出演に拍車をかけた。

「このままじゃ、五社協定も有名無実となりにけり、だねえ」

彼の漏《も》らした一言は、その場にいた者達の胸を刺した。専属制である映画スターの他社出演を禁じた『五社協定』は、大手映画会社による市場独占の象徴であり、またスターの神秘性を担保するものでもあった。

数年前のミッチーブームもあって飛躍的に普及したテレビは、映画界を着実に脅《おびや》かしつつある。そのことに不安を覚えぬ映画人はいない。

「五社と言えば、『三匹の侍』や」

別の男が、秋に始まったばかりの新作ドラマの題名を挙げた。

「知っとるか、あれは五社英雄《ごしゃひでお》ちゅう奴がやっとんねんて。あんまり認めとうはないけど、現代的ゆうんかなあ、ようでけとるわ。わしらには思いついてもでけへんで」

それもまた一同の心を重くした。

「なんでえなんでえ、どいつもこいつもそのツラは」

一人、稀郎のみが皆の不安を笑い飛ばした。

「テレビに出るスターなんざ、所詮は小せえ星なのさ。第一、あんなちまちました小せえ画面じゃ、どこの誰なんだかも分からねえ。顔に自信がねえからテレビに出るのさ」

撮影所の男達は声を上げて笑った。

「さすがは人見の兄貴だ、俺ァ胸がスーッとしたぜ」「俺も」「おいらもだ」

皆口々に稀郎を褒めそやしながら寄ってきた。

「おめえらは今日まで映画を支えてきた一騎当千の強者《つわもの》じゃねえか。おめえらが腕を振るっている限り、テレビなんざ怖かねえ。あんなもの、すぐにみんな飽きちまうに決まってるさ。考えてもみねえ、映画とは迫力が違うよ迫力が」

景気のいい稀郎の弁に、一同は心底感激したようだった。

「兄貴さん、嬉しいこと言ってくれるねえ」

そうだ。昔気質《かたぎ》の映画人は皆、迫り来る不安を追い払う言葉を求めていたのだ。自分達の腕と功績を会社の重役以上に認めてくれる理解者を心底から欲していたのだ。

そんな日々を過ごすうち、稀郎は多くのスタッフから喝采《かっさい》と信望を得た。

いつしか稀郎は、本気で映画に夢を見ていた。

戦争で負けた日本人は、今度のオリンピックで日本を完全に立て直そうと懸命だ。自分は映画でそれを成し遂げる。

そして、仇《かたき》を取ってやるのだ。

二十年前のあの日、降りしきる雨とともに歴史の中に埋もれて消えた兄の仇を――

テレビ普及の一因ともなった美智子《みちこ》妃、すなわちミッチーブームは、また大衆向け週刊誌や女性誌の隆盛をも大いに促した。

映画界をあちこち奔走するうちに、昭和三十八年もいよいよ押しつまってきた。

来年は待ちに待ったオリンピックだ――日本中がそんな気分に浮かれている。

人見エージェンシーの社内も、世間並みになんとなく浮き立つような高揚感に包まれていた。

錦田の擁立案は桑井ら有力理事の強力な根回しと映画業界の後押しもあって、かなり有望との感触を得ていた。しかも桑井は、年明けに予定されている最初の組織委員会全体会議で、錦田を正式に推薦するつもりだと明言している。そうなれば、もう勝ったも同然である。

稀郎と人見エージェンシーにとっては、めでたい春となりそうだった。

そんな頃、昼休みに煎餅《せんべい》をかじりながら週刊誌を読んでいた電話番の川本康子が、突然声を上げた。

「ねえ社長、ちょっとこれ見て下さいよ」

「どうした、俺は今ちょいと手が離せねえんだ」

税務関係の書類を調べていた稀郎は、目の前に差し出された誌面に大きく躍る見出しの活字に声を失った。

『輝ける明日の恋人』錦田欣明監督に愛人騒動」

記事によると――

錦田監督は、妻子がありながら同じ松竹の専属女優である稲穂《いなほ》禎子《ていこ》と長年愛人関係にあり、何度か別れ話を切り出した稲穂にそのつど暴力を振るって服従させ、あろうことか二度も中絶を強要したのだという。この疑惑は義憤に駆られた元付き人の告発により発覚した。稲穂側は本誌の取材に対し沈黙を守っているが、もしこれが事実であるならば、乙女《おとめ》の紅涙《こうるい》を絞った『輝ける明日の恋人』に描かれた清いメロドラマはとんだ茶番であったばかりか、錦田欣明という監督はまったく人倫にもとると言うほかない――

断定こそしていないが、極めて痛烈な批判であった。

稀郎はすぐさま受話器を取り上げた。

遅かった。すでに錦田は行方《ゆくえ》をくらました後だった。

新橋《しんばし》の旅館に錦田が潜伏しているとの知らせが密告屋《タレコミ》の一人から入ってきたのは、翌日の朝であった。他の組や映画人、マスコミよりも早かったのがせめてもの幸いとも言えた。

タクシーでその旅館に駆けつけた稀郎は、ドテラを羽織って火鉢に当たっていた錦田を、ものも言わず蹴飛ばした。

吹っ飛んだ錦田は床の間の柱でしたたかに頭を打ち、踏み潰されたカエルのような悲鳴を上げた。

「てめえ、なんで俺に黙ってやがった」

「なんでも何も、そもそも言う必要があるんですか」

額を血に染めた錦田が開き直ったように叫ぶ。

その顔を、稀郎は二度三度と蹴りつけて、

「じゃあこれは事実なんだな？」

問題の週刊誌を錦田に叩きつける。

「それくらい、映画界なら普通のことじゃないですか。女の不注意で子供ができたんなら、堕《お》ろすのは当たり前でしょう。どんな大監督だって、世間に知られてないだけでみんなやることはやってるんだ。僕は全部知ってるぞ。いや、僕だけじゃない、この世界の人間なら誰だって知ってる。それでいながら、相手が巨匠だというだけで黙ってる。どいつもこいつも、我が身がかわいいだけなんだ」

相手の子供じみた言いわけに絶句する。

錦田はなおも怨嗟《えんさ》の言葉を吐き続けた。稲穂禎子に対する罵倒《ばとう》の言葉も。

最初は自分に都合のよいようにしか語らなかったが、あれこれと聞き出しているうちに啞然とする。

錦田は二言目には妻と離婚すると言いながら禎子との関係を続けた。そして離婚には慰謝料が必要だと言っては、禎子からことあるごとに金をせびった。同期の俳優から求婚された禎子が結婚を決意すると、錦田は怒り狂い、映画界で仕事をできないようにしてやると脅《おど》した。それでも禎子の決意が変わらないと知るや、今度は結婚してもいいから週に一回は自分との関係を続けてくれと泣いてすがった。その一方で、禎子に求婚した相手をいじめ抜いて撮影所から追い出した。将来を有望視されていた俳優は、絶望のあまり自殺した。禎子の中絶も、錦田が暴力を振るって半ば強引に堕ろさせたものだった――

錦田が稲穂禎子という女にしたこと。それは記事に書かれていることよりはるかに酷い仕打ちであった。なのに錦田は、自分こそが被害者であると信じて疑わない。

映画界が実際にそういう世界であることは最初から知っていた。錦田が最低の屑《くず》であることも。

にもかかわらず、自分は映画に夢を見た。見てしまった。映画の熱と魔とに取り憑《つ》かれ、うかと己を見失った。

そして案の定、手痛いしっぺ返しを食らっている。

「どうして僕だけがこんな目に遭わなきゃならないんだ。これじゃまるで犯罪者じゃないか。マスコミの横暴だ。連中は人のプライバシーを平気で踏みにじる人でなしだ」

二の句が継げない。目の前にいるこの男こそ、正真正銘の〈人でなし〉だ。

かっとなって顔面を蹴りつける。

「悪かったな。俺はヤクザで、本物の悪党なんだよ」

鼻から鮮血を垂れ流し、錦田が泣きながら畳の上をのたうち回る。

その無様な姿を見下ろして、稀郎はいまいましげに呟いた。

「もっと早いうちなら、揉み消しようもあったものを」

今回の記事が飛本組の仕込みであることはすでに判明していた。

頼みの花形敬は、東声会《とうせい》とのゴタゴタから九月二十七日に刺殺されている。それまで黙っていた飛本が動き出したのには、花形の死も関係しているに違いない。

何もかもが手遅れだった。


稲穂禎子は看板女優と呼ばれるほどの大スターではなく、いわゆるB級スターであったが、それでもこのスキャンダルは充分に衝撃的で、あらゆるマスコミが錦田批判に回った。

特に女性誌の攻撃は激烈を極めた。戦前からの〈堪え忍ぶ女性像〉から脱却し、〈自立した女性像〉の確立を目指す各女性誌がまなじりを決して錦田を追及したのは言わば当然である。沈黙を続ける稲穂禎子に苛立《いらだ》つあまり、ついには彼女まで批判する女性誌記者さえ現われた。

今や潮目は完全に変わっていた。これでは錦田がオリンピック記録映画の監督になる目など絶対にあり得ない。錦田は自分の手で自らの夢を、いや稀郎の夢までをも完全に打ち砕いたのだ。

理事の桑井も、電話にさえ出なくなった。工作資金にと渡した金を全額送り返してきたのは、とばっちりを怖れた単なる責任逃れだろう。

稀郎は稲穂側の沈黙に希望を託し、なんとか火消しに奔走してみたが、そこでとんでもない壁にぶち当たった。

稲穂禎子の沈黙には、相応の理由があったのだ。

飛本組が動いたのは、花形の死だけがそのきっかけではなかった。飛本の背後には神戸の海図組が控えている。何か得体の知れない、大きな力が海図組を動かしたのだ。

その力の前に、稀郎はなすすべもなく立ち尽くすしかなかった。

5

昭和三十九年一月。オリンピック記録映画の監督は市川崑《いちかわこん》に決まった。

配給は東宝。

市川崑は大映と契約していたが、相談に訪れた市川に対し、社長の永田雅一は、ただ「要請があるなら、やれ」とだけ答えた。

五社協定と自社の利益にうるさい永田のこの態度に、周囲は困惑《こんわく》を隠せなかったという。

ただ一人、稀郎のみは驚かなかった。

それまでに培《つちか》った情報源から、おおよその輪郭は見えていた。

阪急東宝グループの小林一三《こばやしいちぞう》、それに政官界の有力者から永田に話が行ったのだ。

海図組を動かした力はおそらくそれだ。

その結果、永田は躊躇《ちゅうちょ》なく稀郎を切り捨てた。もとよりそういう取り決めであった

のだから文句は言えない。

稀郎を見放したのは、永田一人ではなかった。

錦田もまた、稀郎をあっさりと切り捨てた。

スキャンダルをこれ以上表面化させないことを条件に、彼は引き下がることを承諾

した。

実際、それと軌を一にして各媒体は錦田を追及しなくなった。稲穂禎子本人がつい

に口を開かなかったことも、今回の疑惑そのものが単なるデマにすぎなかったという

印象を強めるのに役立った。

また錦田には、大映でかねてより企画中だった三島由紀夫《みしまゆきお》原作の文芸大作が任され

ることになったという話まであるらしい。

それは単なる三島作品の映画化などではなく、〈映画のために〉三島が書き下ろした小説を映画化するという、前代未聞のタイアップ企画であった。なるほど、いかにも錦田が飛びつきそうな企画である。これの監督に抜擢されたなら、念願の巨匠入りも夢ではない。もうチンピラヤクザに頭を下げる必要もないというわけだ。

黒縄一家の広岡組長は、海図組の名を聞いただけで震え上がった。「ケツは俺が拭いてやる」、自分がそう言ったことなど忘れ果てたかのように、稀郎に謹慎を命じた。破門に近い厳しい処置だった。

「この馬鹿が、てめえの器量も考えねえで調子に乗りやがって。海図組の村崎さんができたお人だったからよかったようなものの、てめえ一人のせいで組が潰れたらどう責任取ってくれんだよ」

ヤクザの世界では親に対する反論は一切許されないのが通例である。稀郎は黙って理不尽な言い草を聞くしかなかった。

そんな稀郎に、代貸の大石は侮蔑《ぶべつ》の笑いを投げつけた。

「言わんこっちゃねえ、映画なんかにトチ狂いやがって。俺達博徒の稼業は博打だろうが、え？」

俯《うつむ》いて正座していた稀郎は、上目遣いに大石を見た。

「お言葉ですが、兄貴」

「なんだ」

「確かに俺達の稼業は博打だ。でもね、兄貴はご存知ねえようだが、映画ほど大掛かりな博打もありませんよ」

「稀郎、てめえ、誰にものを——」

激昂する大石を制し、広岡が顎で稀郎を促した。

「もういい、早く出てけ。てめえの顔なんざ見たくもねえ」

無言で一礼し、稀郎はその場を退出した。


映画人は皆、稀郎にはもう目もくれない。

分かっていた。落ち目の人間には一斉に掌《てのひら》を返す。それが映画界というものだ。

人見エージェンシーを畳んだ稀郎は、後始末に訪れた撮影所でふと足を止め、威勢よく働く男達をぼんやりと眺めていた。

「オラ邪魔だ、どけよ抜け作」

不意に後ろから突き飛ばされた。

せかせかと去って行くその男には見覚えがあった。

——さすがは人見の兄貴だ、俺ァ胸がスーッとしたぜ。

かつて稀郎に向かってそう言った男だった。

〈兄貴〉が今は〈抜け作〉か――

笑おうと思った。しかし自嘲《じちょう》の笑いさえ、かけらも浮かんではこなかった。

池袋西口の飲み屋を追い出されたのは、深夜一時を過ぎた頃だった。柄にもない自棄《やけ》酒が、悪い回り方をしているようだ。引き戸を出てすぐ振り返ったとき、愛想笑いに潜む女将の嫌悪が透けて見えた。

西口の入り組んだ路地をふらふらと歩いていると、不意に声をかけられた。

「ずいぶんとご機嫌だな、人見の兄さん」

街灯の下に、派手なシャツを羽織った男が立っていた。飛本組の金串だった。

稀郎は咄嗟《とっさ》に周囲を見回す。他には誰もいなかった。

「心配するな。おめえみてえな負け犬を痛めつけるのに手下はいらねえ。俺一人で充分だ。なにしろ、あの目障りだった花形はもうこの世にゃいねえんだからな」

身構える暇もなかった。

金串の鉄拳を顔面に食らい、稀郎は仰向けに倒れた。そこへ強烈な蹴りが執拗《しつよう》に加えられる。

稀郎は身を丸めて頭をかばうのが精一杯だった。どぶ板と血の臭いが鼻を衝いた。

少しは気が済んだのか、金串はやがて荒い息を吐《つ》きながら足を引き、

「いいことを教えてやろうか。おめえと錦田を売ったのは、都議の島川センセイだよ」

なんだって？

「島川はな、もともと錦田なんて少しも買っちゃいなかった。稲穂禎子の熱狂的なファンだったセンセイは、最初から錦田をダシにして禎子をモノにしようって魂胆《こんたん》だったのさ。そのときは二人がデキてるなんてこれっぱかりも知りやしねえ。ただ禎子が出てる映画の監督だくらいにしか思っていなかった。だから錦田の頼みを聞いてやったのさ」

金串は狐のように口を歪めて笑いながら、

「ところがいくら錦田を突っついても一向に返事をよこさねえ。業を煮やした島川は、自分で女を呼び出した。そこでさあ口説《くど》こうとしたところ、女は泣きながら打ち明けたってわけさ。錦田の仕打ちをよ。その話のあまりの酷さに、センセイはもう怒り狂った」

目に浮かぶ。錦田の話を黒縄一家に回したのは島川だ。体面も自尊心もある。今さら黒縄一家にやめろとはどうしても言えない。仮にそう言われたとしても、自分も親分の広岡も退くわけにはいかなかっただろう。今度は黒縄一家の面子《メンツ》の問題となる。

根回しは済んでいるし、金も相当につぎ込んだ。第一、成功はもう目の前というときになって手を引く馬鹿はいない。

「だから別口で付き合いのある海図組の村崎さんに相談した。政治家のセンセイってのは人脈が命だからな。後は言うまでもねえだろう。仕掛けの実行役はウチだ。錦田の身の程知らずな望みをぶち壊す仕掛けだ。喜んで務めさせてもらったぜ」

そこで金串は、思い出したようにもう二発、稀郎の脇腹に蹴りを入れて、

「ちったあ思い知ったか、このチンピラが。何が映画だ。てめえなんざ、そこのどぶン中がお似合いさ」

唾《つば》を吐いて金串は立ち去った。

外れたどぶ板の中から立ち上る強烈な悪臭に、血と反吐《へど》を吐き尽くす。今の己の姿を稀郎はどこかで見たように思った。

路地裏で悪漢に襲われ、どぶの中に転がる男。

実体験ではない。映画だ。映画のシーンだ。

幼い頃、出征直前の兄に連れられて観た映画。その中にこれと同じシーンがあった。

題名は――そうだ、『新しき東の日々』。

唐突に思い出した。錦田欣明のデビュー作だ。

どうして今まで気づかなかったのだろう。

——稀郎、この映画は駄作だ。この錦田って新人監督はきっとつまらん人物だろう。

薄闇の客席で退屈を持て余していた稀郎の耳許で、確か兄はそう囁《ささや》いた。

稀郎は半顔をどぶに突っ込んだ格好で、声を上げて笑った。七歳の子供相手に、したり顔でそんなことを言っていた兄に。二十年以上も経って、その監督と関わり、同じシーンを演じる羽目《はめ》になった自分に。

まるで同じ映画を何度も見返しているようだ。街灯のほの白い光まで、あの映画館のスクリーンにそっくりだ。

モノクロの光を受けて、こちらを見下ろす兄の顔。

映写機が狂いでもしたかのように、同じシーンを繰り返す。何度も、何度も、際限なく。

汚水に向かい、稀郎はいつまでも笑い続けた。

市川崑の監督就任は、社会的にも大きな話題となった。

「撮影監督には宮川一夫を抜擢する」

市川崑によるその人選は、さらに大きな話題を映画界に巻き起こした。

さすがは市川崑だ——こいつは凄いアイデアだ——宮川さんが撮影につくんなら、きっといいシャシンになるに違いない——

そうした声の数々を、稀郎は虚ろな笑いとともに聞いた。

一方、錦田が監督すると言われていた三島由紀夫原作の文芸大作はついに製作されなかった。

三島が企画に対して興味を失ったということもあるのかもしれないが、結局錦田は単なる空手形をつかまされたというわけだ。

これにより、錦田は映画界ですべての仕事を失った。松竹に不義理をしてまでこの企画の準備をしていたのだから当然だ。愛人騒動の余波と、前々からの言動に対する反発とで、映画界から決定的に見放されたのだ。

困窮《こんきゅう》した錦田は、あれほど馬鹿にしていたテレビの監督になった。

『青空母さん』というたわいもないホームドラマであったが、皮肉なことに、その番組はそこそこの評判となっていた。松竹出身の監督であるから、もともとホームドラマはお手のものと言っていい。あくまで〈そこそこ〉であるものの、番組の知名度が上がるにつれて、錦田自身も時折テレビに登場するようになった。

小さなブラウン管の中の錦田は、相変わらずヒキガエルのようなご面相ではあったが、どこか気恥ずかしそうな、またそれでいて、もの悲しそうな惚《ほう》けた笑みを浮かべていた。

＊

昭和三十九年十月十日。

二十一年前の雨がまるで夢であったかのような清々しい日であった。そのとき稀郎は、新井薬師《あらいやくし》前の商店街を、天候とは正反対の気分で歩いていた。

商店街の一角に、大勢の人だかりができている。

なんだろうと思って覗《のぞ》いてみると、電器屋のショーウインドウに置かれたテレビであった。それに気づいて、その日がオリンピック開会式の当日であることにようやく思い至った。

かつて兄を見送ったのと同じ場所で執り行なわれる儀式。稀郎はどうしようもない無力感とともに小さなブラウン管を見つめた。

天皇皇后両陛下の入場から始まった式は、終始穏やかに、そして熱狂的に進行した。

それは誰もが思った通り、日本復興の象徴であり、点された聖火はその狼煙《のろし》であった。

国のために、日本のために、命懸けで戦わんとする決意を秘めた顔、顔、顔。

その顔に、その光景に、遠い雨の日を思い出す。

だが整然と並ぶ選手達の中に、兄の姿はない。

テレビに見入る人々から離れ、一人無言で商店街を歩き出す。

これだけ雨が降っているのに、どうして誰も傘を差さないのだろう——

二十一年前と同じく、またしても自分だけが取り残され、兄のように埋もれていくのを稀郎はぼんやりと感じていた。

陽のあたる場所

東山彰良

1

口に溜まった血を吐《は》き出すと、へし折れた奥歯が乾いた音をたててコンクリートの床で跳ねた。

腫《は》れあがっていく頬《ほお》は熱を持ち、思考を焦がす。体を起こそうとしたが、急に馬鹿馬鹿しくなって、そのまま倒れこんでしまった。

ガタつきながら回転する扇風機。かすかな風が汗に濡れたおれの体を撫《な》で、また遠ざかっていく。

「音をあげろ」

神田《かんだ》の命令に従って、手下のヤー公がトランジスター・ラジオのボリュームをあげる。こんな窓もない地下室でおれの悲鳴が外に漏《も》れるとも思えないが、念には念を入れてということだろう。甲子園球場で行われている日本シリーズ最終戦の実況に、ヤクザどもはしばし仕事を忘れて聞き入った。どうやら雨のせいで第六戦が順延になり、決勝戦がオリンピックの開会式日にもつれこんだらしい。南海ホークスが初回から三連打で二点を先制したとわめくアナウンサーの声が耳障りだった。

「おい、木場《きば》」手についた血をハンカチでぬぐいながら、神田が言った。「おまえをひろってやったのはだれだ？」

おれの口から飛び出したのは、腹の底からせり上がってきた凶暴な咳《せき》だけだった。

「おまえが博打《ばくち》ですった金をチャラにして、仕事まで世話してやったのはだれだ？」ヤー公のひとりがおれの髪を鷲摑《わしづか》みにして上体を起こす。鼻から垂れた粘《ねば》っこい血がそいつの袖口《そでぐち》についた。

「ほかにいくらでも女がいるのに、なんでよりによって阿雨《アユ》なんだ？」やつが顎《あご》を持ち上げると、ネクタイをしたシャツの襟元《えりもと》から引き攣《つ》れた火傷《やけど》の痕《あと》がのぞいた。「飼い犬に手を咬《か》まれたうえに、お袋まで姦《や》られちまった気分だよ」

これには思わず鼻で笑ってしまった。

「なにが可笑《おか》しい？」

「阿雨はあんたのお袋じゃない」喉元《のどもと》にわだかまる血を呑みこんでから、おれは言葉を継いだ。「聞いたよ、あんた、じつのお袋に殺されかけたんだって？」

やつが目をすがめる。

いまのいままでヤー公どもの与太《よた》と思っていたが、どうやらそうでもないらしい。おれの聞いた話では、神田のお袋は年下の情夫に捨てられるのが怖くて、子供たちが眠っている文化住宅に火を放った。その火事でふたりの弟が焼け死に、神田は首から胸にかけて一生消えない火傷を負った。

「似てる女をいくら殴ったたって復讐にならないし、いくら尽くしたって蒸発しちまったお袋さんは帰ってこない——」

言い終わるまえに、おれの髪を掴んでいたヤー公の腕がぐっと沈んだ。顔面が床にたたきつけられる。額がコンクリートにぶつかって鈍い音が谺《こだま》した。二度、三度とやられ、それから首がもげるほど顔を上げさせられた。

おれを見下ろす神田の手には油っぽい拳銃があった。だらりと垂れた手に、無造作に拳銃を握りしめている。だから、これがただの脅《おど》しなんかじゃないとわかった。ヤー公たちが言わずもがなで防水シートを広げはじめる。やっぱりおれは、これから派手に血を飛び散らせることになるようだ。

「顔を……」しゃべると血の泡《あぶく》が顔のまえでパチパチはじけた。「顔を洗わせてくれ」

「…………」

「服も着替えたい」

「おまえ、自分の立場がわかってんのか？」

「あんたはおれの死体を阿雨に見せるんだろ？」

まるで捕ってきたネズミを飼い主に見せるように、神田はおれの亡骸《なきがら》を阿雨に見せるだろう。それから、たぶん阿雨のことも殺すだろう。自分を裏切った女を、この男はけっして許さないはずだ。

「あの世で阿雨と逢ったときに、せめて小ぎれいでいたい」おれは情に――神田にそんなものがあるとしてだが――訴えた。「そしたら、あんたが最期に顔を洗わせてくれたって言っといてやるよ」

最後の賭けだ。

独占欲が人一倍強い神田が、もしあの世ですらおれと阿雨を逢わせたくないとすれば、彼女は殺されずにすむかもしれない。

神田の表情は変わらなかった。

おれたちの視線が交差する。

聞こえるはずのないビバップが耳に流れこむ。眼前に立ちあらわれてくる雨の夜に目をしばたたいた。

たかが半日まえのことなのだ。おれがこの手でなにかを摑み取りかけていたのは。

東京で飲む酒はこれが最後かもしれないと思うと、安ウイスキーもなかなか乙《おつ》なものだった。

2

神田が阿雨にまかせているカフェーは閑古鳥《かんこどり》が啼《な》いていた。台風のせいで客足はのびず、その夜おれが車で送迎した女はふたりだけだった。

階上《うえ》で一戦交えたばかりの客がひとり、カウンターの向こう端で阿雨と酒を飲んでいる。男は一分《いちぶ》の隙もないアイビールックで、いわゆる当節流行《はや》りのみゆき族というやつだった。

博打でこさえた借金を返すために、おれは神田の売春宿の運転手になった。三年前、たまたまジャズ喫茶で知り合った阿雨が口をきいてくれたおかげだ。客が所望した女を車で送りとどけるのがおれの仕事だった。そのあいだ、阿雨は男たちの酒の相手になる。で、話がまとまれば、客は店の二階にあるちょんの間でお楽しみと相成る。

情交のあとの悲しい物音が、まるで瀕死の生き物のように、おれたちの頭上を這《は》いまわっていた。素人《しろうと》っぽい娘《こ》がいいという客に、明美《あけみ》は申し分のない女だった。四十分ってところね、と明美は車のなかでおれに言った。四十分経ったら男は射精の幻滅から立ち直るからそれまで二階から下りないようにしてんの、だってさ、さっさと出てったら本当に淫売《いんばい》の仕事っぽいもんね。

午前一時をすこしまわっていた。

「今日はさ、警視庁は一万人を動員して警備にあたるそうだね」明美の客が言った。

「これで日本も先進国の仲間入りだ」

「そうですね」煙草《たばこ》を指先にぶらさげた阿雨は長い巻き毛をかき上げ、窓を洗う雨を眺めやった。「開会式までにこの雨がやむといいんだけど」

「今夜の娘、また頼めるかな？」

おれは腕時計をのぞいた。このみゆき族が二階から下りてきて、もうすぐ四十分が経とうとしていた。明美は正しかったというわけだ。

「そういう言い方をすると捕まりますよ」阿雨が微笑した。「この店ではお客さんと従業員の自由恋愛という形をとってるんですから」

「ああ、そうだったね」

「お客さんが支払うのは、あくまでお酒のお金だけ」

「ウイスキーが一杯《こ》四千円か、月収の一割がこれでパアだ」

「うちはいい娘をそろえてますから。でも、こんなところいつまでももたないわ。いずれ新しい形の店ができますよ」

新しい形の店。

それこそが、神田がやろうとしていることだ。一九五八年、つまりいまから六年前に売春防止法が完全施行されてからも、神田はあの手この手で客に本番行為を提供してきた。が、オリンピックが迫るにつれて、当局は風紀取り締まりを強化していった。世界中からやってくる人たちに、日本の恥部を見せたくないというわけだ。近ごろでは「客と従業員の自由恋愛」などという言い逃れすら通用しなくなってきている。

トルコ風呂って知ってるか？　いつだったか、神田はそう嘯《うそぶ》いた。トルコの風呂では垢《あか》すりをしてくれるやつを置いてるんだが、女たちを垢すり嬢ってことにすりゃサツだって四の五の言えないはずだ。

「こういう店はなくなんないよお」おれに顔をふりむけたみゆき族の呂律《ろれつ》は、すでに充分怪《あや》しい。「ねえ、あんたもそう思うだろ？」

おれはうなずいた。

「あんたさあ、ここのボーイ？　それとも酒なんか飲んじゃってるけど、ひょっとしてもっと偉い人？」

「からまないで」阿雨がたしなめる。「彼は女の子たちの運転手ですよ」

「日本語が上手だねえ、ママ。どこの人？」

「台湾ですよ」

「へぇえ、台湾人の女が新宿にこんな店を構えるなんてたいしたもんだよなあ。なに、ひょっとしてコレでもいるの？」

ねちっこく親指を立てた。

阿雨は曖昧《あいまい》に微笑《ほほえ》み、水割りをつくる。グラスのなかで角氷が軽やかな音を立て、心地よい音量でかかっているデクスター・ゴードンのテナーサックスに彩を添えた。

「ねえ、ママ、明日は……いや、もう今日か、台湾も選手団を送りこんでんの？　ほら、中国はボイコットしちゃったじゃん」

「ええ」水割りを差し出す阿雨の横顔に、長い睫毛《まつげ》が艶《なまめ》かしい影を落とす。「メダルはあまり期待できないでしょうけどね」

「台湾ではどんなスポーツが人気あるの？」

「野球かしら」

「へぇえ」あくびをし、目をしょぼしょぼさせた。「強いの？」

「少年野球はとても強いですよ」阿雨は自分のグラスに口をつけ、縁についた赤い口紅を指でぬぐった。「でも、今度の大会で野球は正式種目じゃないから」

「ああ、たしか神宮球場で……」ガクッと落ちた頭を、照れ笑いをしながら持ち上げる。「えーと……そうそう、たしか神宮で二試合だけ……公開競技として行われるんだったね」

「もし野球が正式競技だったら」阿雨は煙草を喫《す》い、煙を吹き流した。「台湾にもメダルのチャンスがあるんですけどねえ」

その煙がまだ消えないうちに、みゆき族の男はスツールから派手にころげ落ちたのだった。カウンターに顎をしこたまぶつけ、水割りのグラスをひっくりかえし、汚れた赤いカーペットの上に長々とのびてしまった。

おれはグラスを傾け、阿雨はゆっくりと煙草を喫った。

薄暗い店のなかを、やさしいジャズが川のように流れていく。そう、豚のような鼾《いびき》が聞こえてくるまでは。

「お見事」おれは酒を飲み干し、グラスをカウンターに置いた。

それからスツールを降り、阿雨が酒に睡眠薬を混ぜて眠らせたみゆき族の懐《ふところ》から財布を抜いた。五万も入っていた。思わず口笛を鳴らしてしまった。オリンピック景気ってやつは本当にあるらしい。

「あんたも野球が好きだった？」

「おれみたいな人間にスポーツは無理だ」

「なぜ？」

「スポーツにはルールがあるからさ」

「努力と運も必要だしね」

「まあ、そういうことだ」

阿雨は興醒《きょうざ》めしたように肩をすくめ、ささやくように「逃げられないわよ」と言った。

「このまま東京にいても、どうせ殺されちまうんだ」おれは万札をズボンのポケットに突っこみ、財布を男の懐に戻した。「だったら、逃げてみるしかないだろ——なあ、阿雨」

「なあに？」

「いっしょに行かないか？」

「よしてよ、あんたの逃亡資金稼ぎに手を貸しただけでもやばいのに」

「神田といっしょにいたら、そのうちまた客をとらされるぞ」

「いっしょにって、どこへ逃げるつもり？」

「どこだっていい……そうだ、おまえの国へ行くのはどうだ？」

「台湾に帰って、あんたの女房になって、子供産んで——」

「そんな平凡な暮らしはいやか？」

「あたしはかまわない」

「だったら……」

「でも、あんたにはそんな暮らしできないでしょ？　言葉もできないし、台湾にだって博打はあるんだから」

「もう博打はやめるよ」

「で？」

「え？」

「博打をやめるから、あたしの人生をあんたに賭けてみろっていうの？」阿雨は大儀そうに一服し、切り口上でそう言うのだった。「努力もせず、運もないあんたに？」

なにも言えなかった。おれにできるのは、倒れている男を肩に担ぎ上げることだけだった。

「店の近くに置いとかないでね」と、阿雨。「できれば雨に濡れないところに寝かせてあげて」

「すぐに戻ってくるよ」

「もう戻ってこないで」

「阿雨……」

「そんなありきたりなまねをしないでちょうだい。おたがいみじめになるだけだわ」

「じゃあ、これきりか？」

「それはあんたしだいでしょ」煙草を灰皿でもみ消すと、阿雨はカウンターに頬杖をついた。「消えようとしてるのはあたしじゃなくて、あんたのほうなんだから」

3

雨の降りこまない雑居ビルの階段脇にみゆき族の男を寝かせると、しばし途方に暮れてしまった。

煙草に火をつけて一服する。女にフラれて行くあてもないが、東京での最後の夜をこのまま寝て終わらせたくはなかった。

外観はほとんど完成している京王百貨店の黒い輪郭を、鉛色《なまり》の雨がたたいていた。この百貨店がオープンすれば、新宿の人の流れは大きく変わるだろう。おれは煙草を口の端にぶら下げたまま、ほの暗い西口広場をとぼとぼ横切った。雨に打たれたみすぼらしい野良犬がゴミ箱を漁《あさ》っていた。濡れそぼった茶色の毛はところどころ抜け落ち、疥癬《かいせん》病みの地肌がのぞいていた。ゴミ箱に前肢をかけたまま、犬はおれがとおり過ぎるのをじっと見つめた。まるでおれの運命を読んでいるかのような貌《かお》で。すこし歩いてふりかえってみたら、野良犬はまだこっちを見ていた。

いつもの路地を入って〈バード〉の扉をくぐると、まだあどけないマイルス・デイヴィスのトランペットが出迎えてくれた。

　店はそこそこ混んでいた。行き場のないやつや、行き場のないふりをしたいやつがコーヒーをにらみつけながら音楽に身をまかせている。入口近くのテーブルでは、大躍進政策の失敗で国家主席を辞任した毛沢東について、長髪の男たちが侃侃諤諤《かんかんがくがく》やっていた。共産主義の未来と革命について。

　カウンターにいた勉《つとむ》くんがおれを見つけてお辞儀をしてきた。耳が聞こえない勉くんは、昼間は田町《たまち》のボウリング場でピンをならべる仕事をしている。で、夜になると、ジャズ喫茶に入り浸っているのだった。これぞサルトルの言う主体性の哲学ではないか。勉くんは自分のなりたい自分になろうとしているのだ。

　おれはうなずきかえし、彼のとなりに腰かけた。

「調子、どう?」

「あーい」

　熱いコーヒーを注文したあとは、マイルス・デイヴィスのトランペットとチャーリー・パーカーのアルトサックスの会話に耳を傾けた。このアルバムをつくったころのバード、つまりチャーリー・パーカーはヘロインに相当やられていたはずだが、いつ聴いてもそんな影響を微塵《みじん》も感じさせないスリリングな演奏だ。

　そんなありきたりなまねをしないでちょうだい。まるで音楽の一部であるかのように、阿雨の気怠《けだる》い声が耳に甦《よみがえ》った。おたがいみじめになるだけだわ。鼻で笑ってしまった。これ以上、どうみじめになれるってんだ？

阿雨とはじめて出会ったときのテーブル席には、頭の禿《は》げた男が顔に苦悶《くもん》の表情を浮かべてリズムにたゆたっていた。

まさにそのおなじテーブルで、おれは彼女から神田を紹介された。あのころ、おれは日本橋の上に高速道路をつくっていた。仕事はキツかったが、実入りはよかった。オリンピックへと突き進む東京は、これから花開こうとする蕾《つぼみ》のように活気に満ち溢れていた。神田は金のネックレスに金の指輪をはめ、よく笑う口には金歯を入れていた。あの日かかっていた曲まで憶えている。葬送曲のようなドナルド・バードの『クリスト・リデンター』だ。

その記憶が呼び水となって、ひさしぶりに青木《あおき》義男《よしお》のことを思い出した。

十六のとき施設の園長を包丁で切って少年院に入れられたおれは、そこでジャズと実存主義に出会った。同房の青木がこのふたつをたっぷり持ち合わせていた。よくサルトルを読んでいた青木は四六時中、自分にしか聞こえない音とセッションをしていた。ぼくたちはどんな人間にだってなれたはずなんだ、と青木はおれに実存主義を教えてくれた。だけどぼくたちはぼくたちのなりたい自分にはなれなかった、それを認めるところからすべてがはじまるんだよ。

ある日、青木は便所で首を吊って死んでいた。遺言に自分のレコードを全部木場國《くに》弘《ひろ》に譲るとあった。青木の両親は息子の遺志を尊重した。少年院を出たおれが青木のレコードをかけてもらうために飛びこんだのが〈バード〉だった。人情を解するマスターがかけてくれたのは、チャールズ・ミンガスのレコードだった。そのギラギラした音におれはたちまち打ちのめされた。もしもサルトルがジャズメンなら、とそのとき思った。きっとこういう音を奏《や》るだろう。

ジャズは選択の音楽だった。ただ「在る」だけでなく、プレイヤーの色が混ざり合ってなにかに「成ってゆく」音楽だった。そんなふうに思った。自分で電気蓄音機を手に入れたのは、ずいぶんあとになってからだ。

「ジャズメンには人生のことなんてなにもわからないよ」

まるで小さな蛇のようにその声が耳にもぐりこんできたとき、おれはそんなことをとりとめもなく考えていた。

びっくりしてふりむくと、勉くんの顔が間近にあった。

「すくなくとも、あんたが知っている以上のことは知らない」

目をぱちくりさせてしまった。

「彼らが知っているのは」と、勉くんはよどみなく言葉を継いだ。「彼らの音楽が人生に似ているということだけさ」

おれは勉くんを見つめた。耳が聞こえない勉くんは、耳が聞こえない人のようにしか話せないはずだ。

マスターがやってきて、コーヒーのおかわりは、と訊《き》いた。おれは冷めたコーヒーに目を落とし、マスターを見上げ、またぞろ勉くんに顔を戻した。すると勉くんがにっこり笑い、いつもの不明瞭な声でコーヒーを注文した。

おれはスツールを降りた。阿雨の店で酒が過ぎたのかもしれない。

「もう帰るの、木場くん？」マスターが声をかけてきた。

おれはポケットから一万円出してカウンターに置いた。

「なに、これ？」

「今日までのツケですよ」

「でも、これ多すぎるよ」

「いいんです」おれは勉くんを顎で指した。「彼になんか飲ませてやってください」

マスターがうなずいた。

目を閉じてうつむいている勉くんは、音楽のなかにすっかり沈んでいた。おれが店を出るときも、うつむいたままだった。

4

がらんどうのアパートへ帰り着いたときには、もう陽がずいぶん高くなっていた。壁に貼ったチャールズ・ミンガスのポスターが、薄暗い部屋のなかでぼんやり光っているように見えた。

十年近く暮らした部屋なのに、なんの感慨も湧いてこない。売れるものは売り払い、捨てるべきものは捨て、人にやれるようなものはなにも残ってやしない。荷物といえば小さなボストンバッグひとつぶんの衣類とジャズのレコード、そして早川電機製のポータブル電気蓄音機——ラジオにつなげて聴くタイプではなく、アンプが内蔵されているやつだ——だけだった。

窓枠に腰かけて一服した。

二階の窓からは、小さな万国旗がはためく商店街を見下ろすことができた。一晩中降りつづいた雨はあがり、濡れた銀杏《いちょう》の葉が朝陽をはじいている。あと数時間もすれば電器屋のまえには人だかりができ、だれもが店先に飾られたテレビにかじりついてオリンピックの開会式をうっとりと視《み》ていることだろう。

電蓄にはチャーリー・パーカーのレコードがのったままだった。電源を入れて針を落とすと、スローなのにキレのあるナンバーが部屋に満ちた。ぼんやりとそれを聴きながら、勉くんのことを考えるともなしに考えた。

ジャズメンには人生のことなんてなにもわからないよ。バードのサックスに負けない声で、彼ははっきりとそう言った。彼らが知っているのは、彼らの音楽が人生に似ているということだけさ。

それとも、やっぱり気のせいだったのだろうか。おれの安っぽい自意識が、虚《うつ》ろに谺したただけなのかもしれない。

本当の人生を送っていない者に本当の音は出せない――三十年近く生きてきたが、バードの言う「本当の人生」ってやつがいったいなんなのか、おれにはよくわからない。だけど、汗水たらして建設現場で鉄筋を運ぶだけの人生がおれの本当の人生だなんて、だれにも言わせない。

新しい高級公団、あのマンションってやつをいくら建てても、おれはそこに住めるような人間じゃない。新しい道路をいくらつくっても、おれが赤いスポーツカーに乗ってその上を走ることもない。抜け目のないやつらは、おれを踏みつけてどんどん先へ行っちまう。

「くそ……」

相手が二手指したあとで、こちらがやっと一手だけ指せる将棋をやらされているような気分だ。

窓から煙草を投げ捨てると、いつでもこのボロアパートが業火に包まれるところを想像してしまう。その炎が燃え広がり、東京を焼き尽くすところを夢見る。小さな火は裏庭の湿った土の上に落ち、おれを諭《さと》すように黒ずんでいった。

ほんの五分ばかり目を閉じたつもりが、一時間以上うとうとしてしまった。

体を起こすまえに、商店街のざわめきをぼんやり聞きながらしばらく天井を見上げていた。曲が終わって虚《むな》しくまわりつづけるレコードから針を上げる。指から落ちた煙草が古畳に焦げ跡をつけていた。

まず一張羅《いっちょうら》の背広に着替えた。ネクタイはつけない。それから髭《ひげ》をあたり、髪に整髪料をたっぷりつけた。浮き立つ気持ちを抑えて髪を丁寧に梳《くしけず》ると、柱に吊った鏡のなかに新たな門出を迎えるぴかぴかの男があらわれた。

「よし」

気合いを入れてボストンバッグを摑む。ファスナーを開き、服の下にリボルバーをしまい直した。バッグを閉じ、肩に担ぎ上げる。片手にポータブル電蓄を、もう片手にレコードの束を抱えた。くたびれた革靴をつっかけながら、せめてどこかでこの靴を磨いてもらおうと決めた。で、旅立ちの朝陽を迎え入れようと勢いよく玄関扉を押し開けたとたん、にかっと笑った神田の顔に視界をふさがれたのだった。

ああ、金歯だ。

やつの拳骨《げんこつ》が鼻面《はなづら》にめりこむまえに、それがおれの思ったことだった。レコードがまるで紙吹雪《かみふぶき》みたいに舞い上がり、電蓄が壁にあたって砕け散った。

5

鼻血を噴《ふ》いてひっくりかえったおれの上に、神田がのしかかるように立ちはだかった。黒い髪をポマードでうしろになでつけ、アメリカのギャングのような黒いピンストライプの背広を粋に着こなしている。白黒のコンビネーション靴が踏みつけているのは、クリフォード・ブラウン&マックス・ローチの『スタディ・イン・ブラウン』だった。

「おい、木場、そんなにめかしこんでどこ行くんだよ?」

おれはレコードから顔を上げた。

「いっしょに逃げようって阿雨を誘ったらしいな」

うしろに控えている組の若いやつらは、努めて無表情をきめこんでいた。

「おまえらがデキてんのは知ってる」神田が言った。「あの女だってもとは淫売だったからな」

鼻を押さえていたから、おれの声は要領を得なかったのだろう。神田が眉間《みけん》にしわを寄せ、耳に手を添えた。

「あいつをそんなふうに呼ぶな」

「おい！」組のヤー公がしゃしゃり出る。「口の利き方に気をつけろよ、てめえ」

「おれはべつにあんたらの組員じゃない」おれは言った。「神田に女たちの運転手として雇われてるだけだ」

「どうやってあの女を手懐《てなず》けた？」と、神田。「むかしあいつを買ったことでもあんのか？」

「あんたには関係ない」

「まさか本気で惚《ほ》れてんじゃないよな？」金歯を見せてにやりと笑った。「おいおい、あの女はおまえを売ったんだぞ」

「阿雨はおれを売ったりしない」

「売ったんだよ」

「あいつがそんなありきたりなまねをするはずがない」

「ずいぶんご執心だな。あの女が言わなきゃ、なんでおれがここにいる？」

「二階のちょんの間に明美がいた」

「明美がタレこんだと思いたい気持ちはわかるがな」

「阿雨はおれを売ったりしない」

神田の顔から表情が消え、ヤー公どもが顔を見合わせた。

「金はない」

「…………」

「殺《や》るならさっさと殺れよ」

白黒のコンビネーション靴がおれの腹にドカッとめりこんだ。

「おまえ、度胸あんな」体を丸めてゲホゲホ咳きこむおれの髪を鷲摑みにすると、神田はぐっと顔を近づけた。「言われなくてもそのつもりだよ」

一分後、おれはアパートから引きずり出され、両脇を若い衆に固められてトヨペット・クラウンに押しこまれていた。

死は男女の別れとおなじだ。いくらじたばたしたところで、どうにもなりゃしない。阿雨じゃないが、自分がみじめになるだけだ。

おれは阿雨の顔を思い出そうとしたが、どうしても上手《うま》くいかなかった。

6

国立競技場では第十八回オリンピックの開会式がはじまっていたが、おれがそれを知ったのは車のラジオでだった。

一九六四年十月十日土曜日、昨夜の台風も去り、今日の主役は太陽です――アナウンサーの興奮した声をまとって、車は東京の街をひっそりと走りぬけた――お聞きくださいこの大歓声！　たったいま天皇皇后両陛下がロイヤルボックスに着席なされました。

運転席の男が煙草に火をつけると、厳《おごそ》かに流れはじめた『君が代』が煙にまみれた。

どこをどう走っているのか、よくわからなかった。街は浮き立っていて、ドクドクと脈打っていた。通りを行き交う人々は軽やかで、華やいでいた。オリンピックのおかげで、本当の自分より一段立派な人間になれたとでも思っているみたいに。

「どいつもこいつも、まるでオリンピックって角砂糖に群がる蟻《あり》みたいだな」助手席の神田が吐き捨てた。「なあ、木場、本気であの女がいっしょに逃げてくれると思ったのか？」

おれは口をつぐみ、まえだけを見ていた。かなり長いあいだ、車は沈黙を乗せて走った。それから神田がおもむろに言った。

「あいつがなにを考えてんのか、おれにもわかんなくなるときがある。もしかすると、阿雨はおまえと逃げると言ったのかもしれない。だが、いまおまえはここにいる。おまえひとりなら、たぶん逃げられたのにな。おまえを売ったくせに、あいつはおまえを殺さないでくれなんて言うんだ。『もし殺したら？』っておれが訊くと、なんて答えたと思う？『新しい運転手が見つかるまで、あんたが女の子たちを送り迎えしてね』だとよ」やつは声をたてて笑いながら、煙草に火をつけた。「あんな人見知りの激しい女だけど、おまえにはたしかに心を開いてたってことさ」

「あんたはそれが気に入らないんだな」

「はあ？」

「あんたがおれを殺すのはおれの借金のせいなんかじゃない、そうだろ？」おれは言った。「でも心配《む》するにはおよばない、彼女はだれにも心なんか許してないから」

神田は目を剝き、つぎに口を凶暴にゆがめて後部座席に身を乗り出してきたが、車内がどよめいたのはこのときだった。

「おい、見ろよ！」おれの左隣のヤー公が空を指さした。「飛行機雲が輪っかになってくぜ！」

見ると、五機の戦闘機がキラキラまぶしい青空に鮮やかな五輪を描き出していた。五色の飛行機雲はゆっくりと湾曲《わんきょく》し、まるで神様がオリンピックを祝福するためのサインをしたためているようだった。

ビルのあいだに轟音《ごうおん》が降りそそいだ。

神田がうっとりと空を見上げた。それは、ほかのヤクザどももおなじだった。ほんの一瞬だけ、世界から悩みや、飢餓《きが》や、争いや、借金にまみれてにっちもさっちもいかない男たちが消えた。それから、つかの間中断していた愛憎劇が再開した。

「おい、木場」懐から拳銃を取り出すと、神田はおれの額に銃口を押しつけた。「もっぺん言ってみろや」

そういえば、行きつけの定食屋にあった雑誌かなにかで読んだような気がする。オリンピックの五つの輪はヨーロッパ、南北アメリカ、アフリカ、アジア、オセアニアの五大陸の結合、連帯を意味しているのだと。

世界は愛と希望に満ちているふりがしたいのなら、せめてこれくらいやらなきゃな。黒い銃口を見つめながら、おれはそんなふうに思った。ありきたりな嘘じゃ、だれも信じてくれないもんな。

「このおれが台湾人の淫売に惚れてるって言ってんのか？」

「ちがうのか？」

撃鉄が起こされる冷たい音がした。

戦闘機が編隊を組んで飛び去ると、あとには遠雷のような爆音が残った。たがいにがっしりと結びついた五つの輪っかが、いつまでも空にぷかぷか浮かんでいた。

7

神田はにやりと口の端を吊り上げ、銃口を天井にむけた。

おれは足を踏ん張って立ち上がり、ふらつく頭をふってしゃんとさせた。無造作に放り出されたボストンバッグを摑み、ヤー公どもの環視のなか、よろめきながら洗面所に入っていった。神田がバッグの中身をあらためなかったことを心から感謝しながら。

ドアを閉めると、阪神タイガースと南海ホークスの決戦を報じるラジオ中継が遮断された。

蛇口《じゃぐち》の水を出しっぱなしにして、まずは鏡で傷の具合をあらためる。唇《くちびる》は切れ、つぶれた鼻は腫れがはじまっていた。口のまわりにべっとりついた赤黒い血は、上着にまで盛大に飛び散っていた。

両手で水をすくって、顔になすりつけた。跳び上がるほどの痛みが走ったが、忍耐強くジャバジャバ何度か繰り返すと、とにもかくにも血だけはきれいになった。

水をたっぷりかぶった顔が鏡のなかから見つめかえしてくる。本当に阿雨じゃないと言い切れるのか、とそいつが語りかけてくる。おまえを売ったのは、ほかのだれでもなく、おまえがはじめて心を許した女なんじゃないのか？

あの日、はじめて阿雨を抱いた日、彼女は神田の子を堕《お》ろしたばかりだった。口の端に青痣《あおあざ》をこしらえていた。いっしょに汚れてよ、阿雨はそう言った。ねえ、いっしょに汚れてよ。客足の途絶えたカフェーで、おれたちはすすけた赤いカーペットの上で獣のように求め合った。けっして越えてはならない一線だということは、おたがい百も承知していた。だけど、阿雨の青痣がおれたちの免罪符になった。破滅ってやつは、彼女の体を貪《むさぼ》るように愛撫《あいぶ》しながらおれは思った。たぶん、人間が自分自身になろうと決めたときに現われる痩せた犬なんだ。人間のごまかしや躊躇《ちゅうちょ》や気弱な心を喰って肥《こ》え太る。おれたちはただ逃げまわるのではなく、どうあってもその犬を手懐けるべきだった。そうすればおなじ破滅するにしても、破滅した瞬間自分自身になれる。そう、少年院の便所で首をくくった青木のように。

すべてが終わったあと、彼女が裸のままでかけてくれたのはビリー・ホリデイのレコードだった。

おれは訊いた。神田は殴るのか？　スツールに腰かけると、彼女は脚を組み、なにも言わずに煙草に火をつけた。なんであんなやつといっしょにいる？　なんでかしらね、本当の不幸よりも不幸の気配のほうが怖いからかしら。おれは薄暗い照明を浴びた裸体を見つめた。でも、大丈夫よ。そう言って、阿雨はにっこりと微笑《わら》った。自分を憐《あわ》れむ術《すべ》なら知ってるわ、あんたみたいな男やビリー・ホリデイもいるしね。

ボストンバッグを流しに置き、ファスナーを開く。服の下に手を突っこむと、間違えようのない金属の塊《かたまり》に触れた。

黒いリボルバーを取り出し、弾倉《れんこん》をふり出す。弾は三発。何年かまえに、フィリピンの船員が花代がわりに置いていったときのままだ。

最悪をとおり越して滑稽《こっけい》だった。阿雨が自分を憐れむ術を知っているのなら、このおれにだっておれなりのやり方がある。もう一度、彼女に会わなくてはならない。頭にあったのはそれだけだった。おれを売ったのが阿雨なのかどうか、どうあってもたしかめなくては。

不意にドアノブがまわり、つづいてドアが勢いよく引き開けられた。

「おい、木場、いつまでこもってんだ――」

拳銃をひとふりして弾倉を戻すと、おれは立ち尽くすヤー公の顔面にピタリと銃口をむけた。

8

電飾看板にぼんやりと切り取られた夜に、横殴りの雨が浮かび上がっている。近い将来京王百貨店になるはずの建物が、まるで巨大な棺桶《かんおけ》のように横たわっていた。

気がつくと、おれは右手にポータブル電蓄、左手にレコードの束を抱えたまま、降りしきる雨を見上げていた。レコードのなかには、おれが持ってないものもすくなからずあった。それだけじゃない。みすぼらしい痩せ犬がおれに寄り添っていた。さっきゴミ箱を漁っていた、疥癬病みの預言者みたいなやつだ。そいつは行儀よくすわり、澄んだ目でおれをじっと見上げていた。

大事な記憶がすっぽりぬけ落ちたまま——どうやって神田の手から逃れたのか、どうして壊れたはずの電蓄が無傷なのか、ずっと欲しかったけどけっきょく買わなかったレコードをなぜ自分がこんなに持っているのかわからないまま、しかし、なんの矛盾も不安も感じなかった。

歩きだすと、犬もあとからとぼとぼついてきた。おれは西口広場をひきかえし、等間隔にならんだ水銀灯の光と影のなかを出たり入ったりした。自分がなぜこんなところにいるのかはわからなかったけれど、どこへ向かい、なにをするつもりなのかは知っていた。犬は舌をだらりと出し、雨に打たれながら辛抱強くついてきた。

「わかってるよ」おれは声をかけた。「おまえの名前は破滅だ」

犬はなにも言わなかった。

扉を引き開けて店に入ってきたおれを見ても、彼女は別段驚いたふうでもなかった。

「あら」と小さな声をあげ、長い前髪をかき上げて屈託なく微笑んだ。「戻ってきたの？」

「喉がかわいたよ」

「ずぶ濡れじゃない」

午前三時をすこしまわっていたが、ほかに客はいなかった。おれと入れ違いに、客をとったばかりの明美が出ていった。明美の顔は青白く、目のまわりを黒々と塗《ぬ》りたくっていた。

阿雨は読みかけの本を閉じてカウンターに置いた。灰皿から煙草の煙がゆらゆら立ちのぼっては、天井扇《てんじょうせん》にからめとられてゆく。

二時間前とおなじように、雨音が静かなジャズにまとわりついていた。ソニー・ロリンズのテナーサックスだった。

睡眠薬入りの酒でグロッキーになったみゆき族の客を捨て、ジャズ喫茶に寄り、たった二時間ほどしか店を離れていなかったというのに、まるで何十年もまえに失われた場所へ帰ってきたかのような懐かしさを覚えた。

おれは奇妙な高揚感と既視感に胸を締めつけられながらスツールに腰かけ、阿雨の本を見下ろした。血が一滴、ポタリとカウンターにしたたり落ちた。額に触れると、手にも血がべっとりついた。途方に暮れて顔を上げたとたん、顔を半分吹き飛ばされた男と目が合った。喉の奥から奇声が漏れ、スツールからころげ落ちそうになった。

「どうしたの？」

「鏡に！」

が、そう口に出して言ったときには、酒棚の鏡に映った血まみれの男は煙のようにいなくなっていた。雨に濡れたおれが映っているだけだった。

「大丈夫？」

「ああ……なんでもない」ふたたび本に目をやる。「大江《おおえ》健三郎《けんざぶろう》なんか読むのか」

「最近、話題になってるから」

「『個人的な体験』か。どんな話なんだ？」

「主人公のバードが妻の妊娠を知って現実逃避する話」

「バード？」

「チャーリー・パーカーじゃないわよ」

彼女は立ち上がり、酒棚からウイスキーの瓶を取った。タンブラーをカウンターに置き、指二本ぶん注いでくれた。それから背をむけてレコードをかえた。おれは彼女の背中に垂れた長い巻き毛を見ていた。コロムビアの電蓄が演奏をはじめるまで、酒をすすりながら沈黙に耳を傾けた。

チャールズ・ミンガスの荒々しい『ブルース&ルーツ』が流れだす。

「面白いか？」おれはグラスを口に運んだ。「本のことだが」

「どうかしらね」彼女はひょいと肩をすくめ、「だけどこの本のせいで、たぶん、これからいろんなことが曖昧になっていくわ……いいえ、むしろ逆ね。むかしの価値観が曖昧になってきたからこそ、こういう本が生まれたんだわ。この本のバードはまるで――」

「おれみたいだ、って言いたいんだろ？」

彼女が微笑した。まるでおれの口からはじめてまともな言葉が出てきたといわんばかりに。

「よかったわね」

「なにが？」

「これからあんたみたいな男を文学に昇華してくれる作家がどんどんあらわれるわよ」

「で、そのバードはどうなるんだ？」

「まだそこまで読んでないし」そう言って、灰皿から煙草をつまみ上げて一服した。「そこまで読めるかどうかもわからない」

「結論はふたつにひとつだ」おれは言った。「そのバードがついに自分自身になるか、それともただのクズで終わるかだ」

口を開くまえに、阿雨はじっとおれを見つめた。「ねえ、はじめて会ったときのこと憶えてる？」

「ああ」

「あんたはジャズ喫茶のマスターにホレス・パーランの曲をリクエストしてた」

「たしか、このアルバムにも参加している」おれはポケットを探り、よれた煙草をひっぱり出して口にくわえた。曲がホレス・パーランのピアノにかわっていることには気がついたが、阿雨がいつレコードをかえたのかはわからなかった。「はじめて会ったときの曲を聴きながら、ひとりでおれの死を悼《いた》んでたのか？」

阿雨は小首をかしげたが、それはおれもおなじだった。死？　いったいなぜそんな言葉が口をついて出たのだろう？

「ホレス・パーランは子供のころにポリオにかかって右手が変形した」阿雨が金色のライターで火をつけてくれた。「それで彼独自の奏法を身につけたんだって、あのとき言ってたわね。あたしは馬鹿みたいにあんたに見とれてた」

おれはカウンターに煙を吹き流した。

「あのころから、あたしは神田の女だった」

ウッドベースがうねり、メロディが餓《う》えた犬のように疾走する。曲が曲自身になってゆく。威嚇するバリトンサックス。おれはすこしうれしくなった。こんな最低な夜を木端微塵に吹き飛ばせるアルバムが一枚だけあるとすれば、これ以外にはありえない。

「なんでおれに抱かれた？」

「なんでかしらね。ありきたりな不幸にちょっと逆らってみたくなったのかも」

おれが酒を飲み干すと、彼女がまた注いでくれた。

「で？」と、阿雨。「神田とは話がついたの？」

拳銃なんか持ち歩いたこともないのに、至極あたりまえのこととして、おれは返事のかわりにポケットから拳銃を取り出した。

阿雨は眉ひとつ動かさなかった。

「どうするつもり？」

「どうするつもりだと思う？」

「あたしを殺すの？」

「おまえなのか？」時間軸がカウンターといっしょにぐにゃりとゆがむ。「おまえがおれを売ったのか？」

これから起こるすべての出来事──にやりと笑った神田の金歯、腹にめりこむ白黒のコンビネーション靴、つぶれた電蓄、五輪の飛行機雲、折れた奥歯、粘り気のある血、鏡のなかの傷だらけの顔――が、まるで油のようにドロドロとおれのなかへ流れこんだ。

裏切りの亡霊が漂うなかで、おれたちは小さな音でかかっている凶暴なジャズをいっしょに聴いた。まるで水のなかにいるみたいだった。押し寄せる睡魔は小魚の群れのようで、太鼓《たいこ》を打ち鳴らし、トロンボーンをぷかぷか吹いていた。

おれは阿雨の額に狙いをつけた。

ひょっとすると、これは愛とはまるで関係のない話なのかもしれない。それが真っ黒な眠りに打ち倒されるまえに、おれの脳裏をよぎったことだった。それでも自分自身を見極めるためには、どうしても避けてはとおれないことなんだろうな。

9

夢のない眠りからおれをそっとすくい上げてくれたのは、ペギー・リーのやさしい歌声だった。

ずっと日陰を歩いてきたわ
憂鬱を抱えてね

でもうなにも怖くないの
だって通りの向こう側に渡ったんだもの

気怠《けだる》く回転する天井扇を見上げながら、おれは彼女が『陽のあたる道』について歌うのをぼんやり聴いていた。

「目が覚めた？」

半身を起こすと、身支度《みじたく》を整えた阿雨がカウンターのこちら側にすわっていた。小さなスーツケースの上に、つばの広い帽子がかけてある。彼女は胴を太いベルトでしぼった白いワンピースに、若草色の薄いコートを羽織《はお》っていた。

「どれくらい眠ってた？」

「一時間くらいかしら」

「なんでこんなレコードを持ってるんだ？」

「この世界は素晴らしいんだってふりをしたいときに聴きたくなるから。ルイ・アームストロングも持ってるわよ」

「なんで神田に知らせなかった？」

「睡眠薬が入ってるって知ってるくせに、あんたがあたしのお酒を飲んだからよ」

自分の顔に笑みが広がっていくのがわかった。

「あんたにもまだちょっとは運が残ってるってこと」彼女があきらめたように言った。「で、どこへ連れてってくれるの？」

「そうだな……いったんアパートに帰って荷物を取ってくる。ここで待っててくれ」

「ろくな荷物もないでしょうに」

「レコードと音のいい電蓄を持ってるんだ」

立ち上がると、足元がふらついた。まだ睡眠薬が残っているようだ。阿雨が支えてくれた。

「ずいぶん余裕があるのね。神田が怖くないの？」

「おれにはまだ運が残ってるみたいだからな」

「あたしの気が変わって、あんたを裏切るかも」

「それならそれでいいさ」おれは言った。「そんなありきたりな結末も悪くない」

彼女はおれを見つめ、それから声をたてて笑った。

「早く帰ってきて」

「わかってる」

もしこれが本当の人生じゃないというなら、阿雨に送り出されながらそんなふうに思った。ねえ、バード、おれにはそれがなんなのか想像もつかないよ。

コートと帽子を取って
心配事は玄関先に置いて
足を向けてごらんよ
通りの陽のあたるほうにさ

コンクリートの冷たさが、体のなかへ染みこんでくるようだった。

赤くにじむ蛍光灯を見上げながら、おれは耳に残る歌声に合わせてゆっくりと唇を動かした。

靄《もや》がどんどん深くなっていく頭のなかで、ペギー・リーの歌声だけが、まるで灯台の明かりのようにおれをどこかへ導こうとしていた。

体を動かそうとしたけど、できなかった。

扇風機の風がとおり過ぎていく。

土気色の顔がいくつか、まるで空に浮かぶ五輪のようにおれを見下ろしていた。

「こいつ、なんかぶつぶつ言ってるぜ」だれかが言い、だれかが吐き捨てた。「くそ、ひやりとさせやがって」

「こいつの鉄砲が不発で命拾いしたな」

「本当に阿雨姐《ねえ》さんがタレこんだんすか、社長？」

「おまえも死にたいのか？」神田の声だ。やつが動くと、硝煙《しょうえん》のにおいが鼻先をかすめた。「いいからこいつをどこかに埋めてこい」

犬がこっちを見ていた。

破滅という名の痩せ犬。

うなずきかけると、そいつはぷいっとそっぽを向いてどこかへ歩き去ってしまった。

体が持ち上げられる。

なにが起こったのかわからなかったが、そんなことはもうどうでもよかった。おれの魂《たましい》はとっくにべつの場所にいたのだから。そう、通りの向こう側へ。

それに、やるべきことだってある。

急いでアパートへ帰って、一張羅の背広に着替え、電蓄とレコードを取り、靴を磨いてもらい、それから陽のあたる道をとおって阿雨を迎えに戻らなければならなかった。

略歴

大沢在昌（おおさわ・ありまさ）

1956年愛知県生まれ。慶應義塾大学中退。1979年『感傷の街角』で小説推理新人賞を受賞しデビュー。1991年『新宿鮫』で吉川英治文学新人賞と日本推理作家協会賞、1994年『無間人形　新宿鮫4』で直木賞、2004年『パンドラ・アイランド』で柴田錬三郎賞、2010年に日本ミステリー文学大賞、2014年『海と月の迷路』で吉川英治文学賞を受賞。他の著書に『帰去来』『暗約領域　新宿鮫11』など。

藤田宜永（ふじた・よしなが）

1950年福井県生まれ。早稲田大学中退後、渡仏、エール・フランスに勤める。帰国後、1986年『野望のラビリンス』でデビュー。1995年『鋼鉄の騎士』で日本推理作家協会賞、1999年『求愛』で島清恋愛文学賞、2001年『愛の領分』で直木賞、2017年『大雪物語』で吉川英治文学賞を受賞。著書に『女系の教科書』『ブルーブラッド』など。2020年1月逝去。

堂場瞬一（どうば・しゅんいち）

1963年茨城県生まれ。2000年『8年』で小説すばる新人賞を受賞し、デビュー。2015年『警察回りの夏』で吉川英治文学新人賞候補。警察小説、スポーツ小説など多彩なジャンルの作品を発表し続けている。著書に「警視庁犯罪被害者支援課」「刑事・鳴沢了」「警視庁失踪課・高城賢吾」「警視庁追跡調査係」「アナザーフェイス」「捜査一課・澤村慶司」「ラストライン」の各シリーズ、『沃野の刑事』『空の声』など。

井上夢人
（いのうえ・ゆめひと）

１９５０年生まれ。１９８２年、徳山諄一との共作筆名・岡嶋二人として『焦茶色のパステル』で江戸川乱歩賞を受賞し、デビュー。１９８６年『チョコレートゲーム』で日本推理作家協会賞、１９８９年『99％の誘拐』で吉川英治文学新人賞を受賞後、同年にコンビを解消。１９９２年『ダレカガナカニイル…』でソロとして再デビュー。著書に『ラバー・ソウル』『the SIX』など。

今野　敏
（こんの・びん）

１９５５年北海道生まれ。上智大学在学中の１９７８年『怪物が街にやってくる』で問題小説新人賞を受賞。卒業後、レコード会社勤務を経て作家業に専念する。２００６年『隠蔽捜査』で吉川英治文学新人賞、２００８年『果断　隠蔽捜査２』で山本周五郎賞、日本推理作家協会賞、２０１７年「隠蔽捜査」シリーズで吉川英治文庫賞を受賞。著書に「東京湾臨海署安積班」「ＳＴ科学捜査班」「同期」各シリーズ、『炎天夢　東京湾臨海署安積班』『清明　隠蔽捜査８』など。

月村了衛
（つきむら・りょうえ）

１９６３年大阪府生まれ。早稲田大学卒業。脚本家を経て、２０１０年『機龍警察』で小説家デビュー。２０１２年『機龍警察　自爆条項』で日本ＳＦ大賞、２０１３年『機龍警察　暗黒市場』で吉川英治文学新人賞、２０１５年『コルトＭ１８５１残月』で大藪春彦賞、『土漠の花』で日本推理作家協会賞を受賞。２０１９年『欺す衆生』で山田風太郎賞を受賞。著書に「機龍警察」シリーズ、『東京輪舞』『悪の五輪』など。

東山彰良
（ひがしやま・あきら）

１９６８年台湾生まれ。５歳まで台北で過ごした後、９歳の時に日本に移る。２００２年『逃亡作法 TURD ON THE RUN』で「このミステリーがすごい！」大賞銀賞・読者賞を受賞し、デビュー。２００９年『路傍』で大藪春彦賞、２０１５年『流』で直木賞、２０１６年『罪の終わり』で中央公論文芸賞、２０１７年『僕が殺した人と僕を殺した人』で織田作之助賞、２０１８年同作で読売文学賞、渡辺淳一文学賞を受賞。著書に『女の子のことばかり考えていたら、１年が経っていた。』『小さな場所』など。

この物語はフィクションであり、実在の人物・団体とは一切関係ありません。
一部、今日では差別表現として好ましくない用語が使用されていますが、作品の時代背景を踏まえたもので、差別助長の意図はありません。

本書は二〇一五年九月、小社より単行本として刊行されました。

激動《げきどう》　東京五輪《とうきょうごりん》　1964

大沢在昌《おおさわありまさ》　藤田宜永《ふじたよしなが》　堂場瞬一《どうばしゅんいち》　井上夢人《いのうえゆめひと》
今野《こんの》　敏《びん》　月村了衛《つきむらりょうえ》　東山彰良《ひがしやまあきら》

講談社文庫
定価はカバーに
表示してあります

2020年4月15日第1刷発行

発行者――渡瀬昌彦
発行所――株式会社　講談社
東京都文京区音羽2-12-21　〒112-8001
電話　出版（03）5395-3510
　　　販売（03）5395-5817
　　　業務（03）5395-3615
Printed in Japan

デザイン―菊地信義
本文データ制作―講談社デジタル製作
印刷―――信毎書籍印刷株式会社
製本―――株式会社国宝社

ISBN978-4-06-519366-2

講談社文庫刊行の辞

二十一世紀の到来を目睫に望みながら、われわれはいま、人類史上かつて例を見ない巨大な転換期をむかえようとしている。

世界も、日本も、激動の予兆に対する期待とおののきを内に蔵して、未知の時代に歩み入ろうとしている。このときにあたり、創業の人野間清治の「ナショナル・エデュケイター」への志を現代に甦らせようと意図して、われわれはここに古今の文芸作品はいうまでもなく、ひろく人文・社会・自然の諸科学から東西の名著を網羅する、新しい綜合文庫の発刊を決意した。

激動の転換期はまた断絶の時代である。われわれは戦後二十五年間の出版文化のありかたへの深い反省をこめて、この断絶の時代にあえて人間的な持続を求めようとする。いたずらに浮薄な商業主義のあだ花を追い求めることなく、長期にわたって良書に生命をあたえようとつとめるところにしか、今後の出版文化の真の繁栄はあり得ないと信じるからである。

同時にわれわれはこの綜合文庫の刊行を通じて、人文・社会・自然の諸科学が、結局人間の学にほかならないことを立証しようと願っている。かつて知識とは、「汝自身を知る」ことにつきていた。現代社会の瑣末な情報の氾濫のなかから、力強い知識の源泉を掘り起し、技術文明のただなかに、生きた人間の姿を復活させること。それこそわれわれの切なる希求である。

われわれは権威に盲従せず、俗流に媚びることなく、渾然一体となって日本の「草の根」をかたちづくる若く新しい世代の人々に、心をこめてこの新しい綜合文庫をおくり届けたい。それは知識の泉であるとともに感受性のふるさとであり、もっとも有機的に組織され、社会に開かれた万人のための大学をめざしている。大方の支援と協力を衷心より切望してやまない。

一九七一年七月

野間省一

講談社文庫 最新刊

門井慶喜
銀河鉄道の父
宮沢賢治の生涯を父の視線から活写した、究極の親子愛を描いた傑作。直木賞受賞作。

西尾維新
新本格魔法少女りすか
小学生らしからぬ小学生の供犠《くぎ》創貴《きずたか》と、『赤き魔女』水倉《みずくら》りすかによる、縦横無尽の冒険譚！

江上　剛
参謀のホテル〈ラストチャンス〉
老舗ホテルの立て直しは日本のプライドの再生だ！　再生請負人樫村が挑む東京ホテル戦争。

風野真知雄
潜入　味見方同心㈡〈陰膳だらけの宴《うたげ》〉
将軍暗殺の動きは本当なのか？　魚之進は城内潜入を敢然と試みる！〈文庫書下ろし〉

大沢在昌
鏡の顔〈傑作ハードボイルド小説集〉
『新宿鮫』の鮫島、佐久間公、ジョーカーが勢揃い！　著者の世界を堪能できる短編集。

堀川アサコ
幻想蒸気船
浦島湾の沖、人知れず今も「鎖国」する島があるという。大人気シリーズ。〈文庫書下ろし〉

川内有緒
晴れたら空に骨まいて
弔《とむら》いとは、人生とは？　別れの形は自由がい い。生と死を深く見つめるノンフィクション。

佐藤　究
サージウスの死神
ルーレットに溺れていく男の、疾走と狂気。乱歩賞作家・佐藤究のルーツがここにある！

下村敦史
緑の窓口〈樹木トラブル解決します〉
樹木に関するトラブル解決のため、美人樹木医が謎に挑む！　注目の乱歩賞作家の新境地。

千野隆司
大《おお》酒《ざけ》の合戦〈下り酒一番㈣〉
卯吉の案で大酒飲み競争の開催が決まるも、様々な者の思惑が入り乱れ!?〈文庫書下ろし〉

講談社文芸文庫

加藤典洋

テクストから遠く離れて

解説＝高橋源一郎　年譜＝著者、編集部

ポストモダン批評を再検証し、大江健三郎、高橋源一郎、村上春樹ら同時代小説の読解を通して来るべき批評の方法論を開示する。急逝した著者の文芸批評の主著。

かP5
978-4-06-519279-5

平沢計七

一人と千三百人／二人の中尉

平沢計七先駆作品集

解説＝大和田　茂　年譜＝大和田　茂

関東大震災の混乱のなか亀戸事件で惨殺された若き労働運動家は、瑞々しくも鮮烈な先駆的文芸作品を遺していた。知られざる作家、再発見。

ひJ1
978-4-06-518803-3

小野寺史宜《ふみのり》　その愛の程度
小野寺史宜　近いはずの人
大崎　梢　横濱エトランゼ
海音寺潮五郎　新装版　江戸城大奥列伝
海音寺潮五郎　新装版　孫　子(上)(下)
海音寺潮五郎　新装版　赤穂義士
加賀乙彦　新装版　高山右近
加賀乙彦　ザビエルとその弟子
柏葉幸子　ミラクル・ファミリー
勝目　梓　小　説　家
勝目　梓　ある殺人者の回想
鎌田　慧　残　夢〈大逆事件を生き抜いた坂本清馬の生涯〉
桂　米朝　米朝ばなし〈上方落語地図〉
笠井　潔　梟《ふくろう》の巨《おお》いなる黄昏《たそがれ》
笠井　潔　青銅の悲劇(上)(下)〈瀕死の王〉
川田弥一郎　白く長い廊下
神崎京介　女薫の旅　激情たぎる
神崎京介　女薫の旅　奔流あふれ
神崎京介　女薫の旅　陶酔めぐる

神崎京介　女薫の旅　衝動はぜて
神崎京介　女薫の旅　放心とろり
神崎京介　女薫の旅　感涙はてる
神崎京介　女薫の旅　耽溺《たんでき》まみれ
神崎京介　女薫の旅　誘惑おって
神崎京介　女薫の旅　秘に触れ
神崎京介　女薫の旅　禁の園へ
神崎京介　女薫の旅　欲の極み
神崎京介　女薫の旅　青い乱れ
神崎京介　女薫の旅　奥に裏に
神崎京介　I　L　O　V　E
神崎京介　美　人　と　張　形〈四っ目屋繁盛記〉
加納朋子　ガラスの麒麟
角田光代　まどろむ夜のUFO
角田光代　夜かかる虹
角田光代　恋するように旅をして
角田光代　庭の桜、隣の犬
角田光代　人生ベストテン
角田光代　ロ　ッ　ク　母

角田光代　彼女のこんだて帖
角田光代　ひそやかな花園
川端裕人　せ　ち　ゃ　ん〈星を聴く人〉
川端裕人　星と半月の海
片川優子　ジョナさん
片川優子　ただいまラボ
神山裕右　カタコンベ
神山裕右　炎の放浪者
加賀まりこ　純情ババァになりました。
門田隆将　甲子園への遺言〈伝説の打撃コーチ高畠導宏の生涯〉
門田隆将　甲子園の奇跡〈斎藤佑樹と早実百年物語〉
門田隆将　神宮の奇跡
鏑木　蓮　東京ダモイ
鏑木　蓮　屈　折　光
鏑木　蓮　時　　　限
鏑木　蓮　真　　　友
鏑木　蓮　甘　い　罠
鏑木　蓮　京都西陣シェアハウス〈憎まれ天使・有村志穂〉
鏑木　蓮　炎　　　罪

神林長平　だれの息子でもない
神楽坂　淳　うちの旦那が甘ちゃんで
神楽坂　淳　うちの旦那が甘ちゃんで　2
神楽坂　淳　うちの旦那が甘ちゃんで　3
神楽坂　淳　うちの旦那が甘ちゃんで　4
神楽坂　淳　うちの旦那が甘ちゃんで　5
神楽坂　淳　うちの旦那が甘ちゃんで　6
神楽坂　淳　うちの旦那が甘ちゃんで　7
加藤元浩　捕まえたもん勝ち！〈七夕菊乃の捜査報告書〉
加藤元浩　量子人間《クオンタムマン》からの手紙〈捕まえたもん勝ち！〉
梶永正史　銃の啼《な》き声〈潔癖刑事・田島慎吾〉
金田一春彦・安西愛子編　日本の唱歌　全三冊
岸本英夫　死を見つめる心〈ガンとたたかった十年間〉
北方謙三　汚名の広場
北方謙三　試みの地平線〈伝説復活編〉
北方謙三　抱影
菊地秀行　魔界医師メフィスト〈怪屋敷〉
北原亞以子　深川澪通り木戸番小屋
北原亞以子　新地橋〈深川澪通り木戸番小屋〉
北原亞以子　夜の明けるまで〈深川澪通り木戸番小屋〉
北原亞以子　澪つくし〈深川澪通り木戸番小屋〉
北原亞以子　たからもの〈深川澪通り木戸番小屋〉
北原亞以子　歳三からの伝言
桐野夏生　新装版　顔に降りかかる雨
桐野夏生　新装版　天使に見捨てられた夜
桐野夏生　新装版　ローズガーデン
桐野夏生　OUT（上）（下）
桐野夏生　ダーク（上）（下）
桐野夏生　猿の見る夢
京極夏彦　文庫版　姑獲鳥《うぶめ》の夏
京極夏彦　文庫版　魍魎《もうりょう》の匣《はこ》
京極夏彦　文庫版　狂骨《きょうこつ》の夢《ゆめ》
京極夏彦　文庫版　鉄鼠《てっそ》の檻《おり》
京極夏彦　文庫版　絡新婦《じょろうぐも》の理《ことわり》
京極夏彦　文庫版　塗仏《ぬりぼとけ》の宴《うたげ》―宴の支度
京極夏彦　文庫版　塗仏の宴―宴の始末
京極夏彦　文庫版　百鬼夜行―陰
京極夏彦　文庫版　百器徒然袋―雨
京極夏彦　文庫版　百器徒然袋―風
京極夏彦　文庫版　今昔続百鬼―雲
京極夏彦　文庫版　陰摩羅鬼《おんもらき》の瑕《きず》
京極夏彦　文庫版　邪魅《じゃみ》の雫
京極夏彦　文庫版　死ねばいいのに
京極夏彦　文庫版　ルー＝ガルー〈忌避すべき狼〉
京極夏彦　文庫版　ルー＝ガルー2〈インクブス×スクブス　相容れぬ夢魔〉
京極夏彦　分冊文庫版　姑獲鳥《うぶめ》の夏（上）（下）
京極夏彦　分冊文庫版　魍魎《もうりょう》の匣《はこ》（上）（中）（下）
京極夏彦　分冊文庫版　狂骨《きょうこつ》の夢《ゆめ》（上）（中）（下）
京極夏彦　分冊文庫版　鉄鼠《てっそ》の檻《おり》全四巻
京極夏彦　分冊文庫版　絡新婦《じょろうぐも》の理《ことわり》（一）（二）
京極夏彦　分冊文庫版　絡新婦《じょろうぐも》の理《ことわり》（三）（四）
京極夏彦　分冊文庫版　塗仏《ぬりぼとけ》の宴《うたげ》　宴の支度《したく》（上）（中）（下）
京極夏彦　分冊文庫版　塗仏《ぬりぼとけ》の宴《うたげ》　宴の始末《しまつ》（上）（中）（下）
京極夏彦　分冊文庫版　陰摩羅鬼《おんもらき》の瑕《きず》（上）（中）（下）
京極夏彦　分冊文庫版　邪魅《じゃみ》の雫（上）（中）（下）
京極夏彦　分冊文庫版　ルー＝ガルー〈忌避すべき狼〉（上）（下）
京極夏彦　分冊文庫版　ルー＝ガルー2〈インクブス×スクブス　相容れぬ夢魔〉（上）（下）

鴻上尚史　鴻上尚史の俳優入門
鴻上尚史　青空に飛ぶ
小泉武夫　納豆の快楽
近藤史人　藤田嗣治「異邦人」の生涯
小前　亮　李《り》世《せい》民《みん》
小前　亮　趙《ちょう》匡《きょう》胤《いん》〈宋の太祖〉
小前　亮　朱元璋　皇帝の貌《かお》
小前　亮　覇《は》帝《てい》フビライ〈世界支配の野望〉
小前　亮　唐　玄　宗　紀
小前　亮　賢帝と逆臣と〈康《こう》熙《き》帝《てい》と三藩の乱〉
小前　亮　始皇帝の永遠〈天下一統〉
香月日輪　妖怪アパートの幽雅な日常①
香月日輪　妖怪アパートの幽雅な日常②
香月日輪　妖怪アパートの幽雅な日常③
香月日輪　妖怪アパートの幽雅な日常④
香月日輪　妖怪アパートの幽雅な日常⑤
香月日輪　妖怪アパートの幽雅な日常⑥
香月日輪　妖怪アパートの幽雅な日常⑦
香月日輪　妖怪アパートの幽雅な日常⑧

香月日輪　妖怪アパートの幽雅な日常⑨
香月日輪　妖怪アパートの幽雅な日常⑩
香月日輪　妖怪アパートの幽雅な食卓〈るり子さんのお料理日記〉
香月日輪　妖怪アパートの幽雅な人々〈妖アパミニガイド〉
香月日輪　妖怪アパートの幽雅な日常〈ラスベガス外伝〉
香月日輪　大江戸妖怪かわら版①〈異界より落ち来る者あり〉
香月日輪　大江戸妖怪かわら版②〈異界より落ち来る者あり　其之二〉
香月日輪　大江戸妖怪かわら版③〈封印の娘〉
香月日輪　大江戸妖怪かわら版④〈天空の竜宮城〉
香月日輪　大江戸妖怪かわら版⑤〈雀、大浪花に行く〉
香月日輪　大江戸妖怪かわら版⑥〈魔狼、月に吠える〉
香月日輪　大江戸妖怪かわら版⑦〈大江戸散歩〉
香月日輪　地獄堂霊界通信①
香月日輪　地獄堂霊界通信②
香月日輪　地獄堂霊界通信③
香月日輪　地獄堂霊界通信④
香月日輪　地獄堂霊界通信⑤
香月日輪　地獄堂霊界通信⑥
香月日輪　地獄堂霊界通信⑦

香月日輪　地獄堂霊界通信⑧
香月日輪　ファンム・アレース①
香月日輪　ファンム・アレース②
香月日輪　ファンム・アレース③
香月日輪　ファンム・アレース④
香月日輪　ファンム・アレース⑤(上)(下)
近衛龍春　加藤清正〈豊臣家に捧げた生涯〉
木原音瀬　箱の中
木原音瀬　美しいこと
木原音瀬　秘密
木原音瀬　嫌な奴
近藤史恵　私の命はあなたの命より軽い
小泉　凡　怪談四代記〈八雲のいたずら〉
小島正樹　武家屋敷の殺人
小島正樹　硝子の探偵と消えた白バイ
小松エメル　夢の燈《ほ》影《かげ》〈新選組無名録〉
小松エメル　総司の夢
近藤須雅子　プチ整形の真実
小島　環　小旋風《つむじかぜ》の夢《む》絃《げん》

講談社文庫　目録

小島 環／原作 あなしん／脚本 おかざきさとこ　小説 春待つ僕ら
呉 勝浩　道徳の時間
呉 勝浩　ロスト
呉 勝浩　蜃気楼の犬
呉 勝浩　白い衝動
こだま　夫のちんぽが入らない
講談社校閲部　間違えやすい日本語実例集〈熟練校閲者が教える〉
佐藤さとる　だれも知らない小さな国〈コロボックル物語①〉
佐藤さとる　豆つぶほどの小さないぬ〈コロボックル物語②〉
佐藤さとる　星からおちた小さなひと〈コロボックル物語③〉
佐藤さとる　ふしぎな目をした男の子〈コロボックル物語④〉
佐藤さとる　小さな国のつづきの話〈コロボックル物語⑤〉
佐藤さとる　コロボックルむかしむかし〈コロボックル物語⑥〉
佐藤さとる　天狗童子
佐藤さとる 絵／村上 勉　わんぱく天国
佐藤愛子　新装版 戦いすんで日が暮れて
佐木隆三　慟哭〈小説・林郁夫裁判〉
佐高 信　石原莞爾その虚飾
佐高 信　わたしを変えた百冊の本
佐高 信　新装版 逆命利君
佐藤雅美　恵比寿屋喜兵衛手控え
佐藤雅美　物書同心居眠り紋蔵
佐藤雅美　隼小僧異聞〈物書同心居眠り紋蔵〉
佐藤雅美　密約〈物書同心居眠り紋蔵〉
佐藤雅美　お尋者〈物書同心居眠り紋蔵〉
佐藤雅美　老博奕打ち〈物書同心居眠り紋蔵〉
佐藤雅美　四両二分の女〈物書同心居眠り紋蔵〉
佐藤雅美　白い息〈物書同心居眠り紋蔵〉
佐藤雅美　向井帯刀の発心〈物書同心居眠り紋蔵〉
佐藤雅美　一心斎不覚の筆禍〈物書同心居眠り紋蔵〉
佐藤雅美　魔物が棲む町〈物書同心居眠り紋蔵〉
佐藤雅美　ちよの負けん気、実の父親〈物書同心居眠り紋蔵〉
佐藤雅美　へこたれない人〈物書同心居眠り紋蔵〉
佐藤雅美　わけあり師匠事《こと》の顛末〈物書同心居眠り紋蔵〉
佐藤雅美　御奉行の頭の火照《ほて》り〈物書同心居眠り紋蔵〉
佐藤雅美　江戸繁昌記〈寺門静軒無聊伝〉
佐藤雅美　青雲遥かに〈大内俊助の生涯〉
佐藤雅美　悪足掻《あが》きの跡始末 厄介弥三郎
酒井順子　負け犬の遠吠え
酒井順子　金閣寺の燃やし方
酒井順子　昔は、よかった？
酒井順子　もう、忘れたの？
酒井順子　そんなに、変わった？
酒井順子　泣いたの、バレた？
酒井順子　気付くのが遅すぎて、
酒井順子　朝からスキャンダル
佐野洋子　嘘ばっか〈新釈・世界おとぎ話〉
佐野洋子　コッコロから
笹生陽子　ぼくらのサイテーの夏
笹生陽子　きのう、火星に行った。
笹生陽子　世界がぼくを笑っても
沢木耕太郎　一号線を北上せよ〈ヴェトナム街道編〉
櫻田大造　「優」をあげたくなる答案・レポートの作成術
沢村 凜　タソガレ
佐藤多佳子　一瞬の風になれ 全三巻
笹本稜平　駐在刑事
笹本稜平　駐在刑事 尾根を渡る風

2020年3月15日現在